恋《こい》するワケありシェアハウス

イケメンたちとのヒミツの同《どう》居《きょ》生《せい》活《かつ》はドキドキです！

青山《あおやま》そらら／著
お天《てん》気《き》屋《や》／イラスト

PHP
ジュニアノベル

全員《ぜんいん》中学《ちゅうがく》二《に》年生《ねんせい》だよ♡
橘《たちばな》紫月《しづき》
琴梨《ことり》のクラスメイト。びっくりするほど整《ととの》った顔《かお》とバツグンのスタイルで、今人気急上昇中《いまにんききゅうじょうしょうちゅう》のモデル。女子《じょし》への警戒心《けいかいしん》が強《つよ》く、琴梨《ことり》がシェアハウスで暮《く》らすことにもちょっと反対《はんたい》……？
春名《はるな》琴梨《ことり》
人見知《ひとみし》りな性格《せいかく》で、クラスではぼっち気味《ぎみ》。小《ちい》さいころにお父《とう》さんを亡《な》くし、働《はたら》くお母《かあ》さんの代《か》わりに、家事《かじ》を手伝《てつだ》っていた影響《えいきょう》で料理《りょうり》が得意《とくい》。お母《かあ》さんのリストラがきっかけで、シェアハウスから学校《がっこう》に通《かよ》うことに。

東《とう》堂《どう》 蓮《れん》
イケメンだけど目《め》つきが悪《わる》くてぶっきらぼう。怖《こわ》いウワサがあるけれど、意外《いがい》と優《やさ》しいみたい……？
双《ふた》葉《ば》凜《りん》寧《ね》
かわいい系《けい》のビジュアルで、女子《じょし》から大人気《だいにんき》。優《やさ》しいけれど、なにか琴梨《ことり》には知《し》られたくないことがあるようで……？
藤《ふじ》井《い》絢《あや》世《せ》
琴梨《ことり》のクラスメイト。明《あか》るくフレンドリーな性格《せいかく》のイケメンで、ムードメーカー的存在《てきそんざい》。大企業《だいきぎょう》の御曹司《おんぞうし》で、超《ちょう》セレブ。

目《もく》次《じ》

恋《こい》するワケあり♡シェアハウス

1 プロローグ

家《いえ》の事情《じじょう》で、突然《とつぜん》引《ひ》っ越《こ》すことになった私《わたし》。

理事長《りじちょう》から紹介《しょうかい》されたのは、まさかのヒミツのシェアハウスで――。

しかも同居人《どうきょにん》は、全員《ぜんいん》イケメン男子《だんし》だったの！

「かわいい子《こ》が来《き》てくれてうれしいな～」

御曹司《おんぞうし》のセレブ男子《だんし》だったり。

「……おう、よろしく」

目《め》つきの悪《わる》い不良男子《ふりょうだんし》だったり。

「仲良《なかよ》くしてね」

笑顔《えがお》がキュートな猫系男子《ねこけいだんし》だったり。

「無理《むり》。女子《じょし》が来《く》るとか聞《き》いてねーし」

クールで不愛想《ぶあいそう》なモデル男子《だんし》だったり……なにやら全員《ぜんいん》ワケありみたい!?

ドキドキだらけの同居生活《どうきょせいかつ》、はじまります！

2 突然《とつぜん》の引《ひ》っ越《こ》し

「おはよーっ！　昨日《きのう》の配信《はいしん》見《み》た？」

「見《み》た見《み》た！　超面白《ちょうおもしろ》かった～」

楽《たの》しそうな笑《わら》い声《ごえ》が飛《と》びかう教室《きょうしつ》で、ひとり席《せき》に座《すわ》って本《ほん》を読《よ》む。

私《わたし》は春名琴梨《はるなことり》。この春中学二年生《はるちゅうがくにねんせい》になったばかり。

受験勉強《じゅけんべんきょう》をがんばって、あこがれの私立三ツ星学園《しりつみつぼしがくえん》に入学《にゅうがく》できたのはいいけれど、人見知《ひとみし》りな性格《せいかく》のせいで、いまだに女子《じょし》グループの輪《わ》には入《はい》れず、ぼっち気味《ぎみ》。

クラスメイトはみんないい人《ひと》ばかりだし、居心地《いごこち》は悪《わる》くないんだけどね。

ちなみに趣味《しゅみ》は、読書《どくしょ》と料理《りょうり》だよ。

うちは私《わたし》が小《ちい》さいころにお父《とう》さんが亡《な》くなっていて、お母《かあ》さんとふたり暮《ぐ》らし。

働《はたら》くお母《かあ》さんを助《たす》けるために家事《かじ》を手伝《てつだ》っていたら、いつのまにか料理《りょうり》が大好《だいす》きになって。今《いま》では毎朝早起《まいあさはやお》きしてお母《かあ》さんと自分《じぶん》のお弁当《べんとう》を手作《てづく》りしているんだ。

今日《きょう》のハンバーグは特《とく》に上手《じょうず》に焼《や》けたから、食《た》べるのが今《いま》から楽《たの》しみなの。

そんな時《とき》、前《まえ》の席《せき》で派手《はで》な女《おんな》の子《こ》ふたりがワイワイ盛《も》り上《あ》がっている様子《ようす》が目《め》に入《はい》って。

「見《み》て見《み》て、『ポラリス』の最新号《さいしんごう》！　紫月《しづき》くん目当《めあ》てで買《か》っちゃった〜」

「いいな〜。私《わたし》にも見《み》せて！」

彼女《かのじょ》たちが見《み》ていたのは、今中高生《いまちゅうこうせい》に大人気《だいにんき》のファッション雑誌《ざっし》。

「やっぱ紫月《しづき》くん超《ちょう》イケメン！　スタイル良《よ》すぎっ」

「やばいよね。この顔《かお》見《み》てるだけで幸《しあわ》せ〜」

話題《わだい》になっているのは、イケメン中学生《ちゅうがくせい》モデルの橘《たちばな》紫月《しづき》くん。私《わたし》たちと同《おな》い年《どし》。

デビューしてまだ一年《いちねん》くらいなんだけど、そのビジュアルのよさから今人気急上昇中《いまにんききゅうじょうしょうちゅう》で、SNS《エスエヌエス》のフォロワー数《すう》もかなり多《おお》いみたい。

しかもその紫月《しづき》くんは、なんと――。

「こんな人気《にんき》モデルを毎日生《まいにちなま》で拝《おが》めるなんて、最高《さいこう》だよね〜」

「同《おな》クラとか、超自慢《ちょうじまん》なんだけど！」

そう。じつはクラスメイトなんだ。

といっても人見知《ひとみし》りな私《わたし》は、一度《いちど》も話《はな》したことがないんだけどね。

「「きゃーっ！」」

すると突然《とつぜん》、教室《きょうしつ》の入《い》り口《ぐち》あたりから女《おんな》の子《こ》たちの叫《さけ》び声《ごえ》が聞《き》こえてきた。

チラリと視線《しせん》を向《む》けると、そこにはスラッと背《せ》の高《たか》い男《おとこ》の子《こ》の姿《すがた》があって。

「あっ。紫月《しづき》くん来《き》た！」

「おはよーっ！　紫月《しづき》くん」

目《め》の前《まえ》で話《はな》していた女《おんな》の子《こ》たちも、すぐさま雑誌《ざっし》を置《お》いて彼《かれ》のもとへと駆《か》け寄《よ》っていく。

とたんに女《おんな》の子《こ》たちの集団《しゅうだん》に取《と》り囲《かこ》まれる紫月《しづき》くん。

だけど彼《かれ》は、キャーキャー言《い》われても表情《ひょうじょう》を変《か》えることなく。

「……おはよ」

いつもどおりクールにあいさつを返《かえ》す。

そう。紫月《しづき》くんはこんなふうに塩対応《しおたいおう》なことで有名《ゆうめい》で、モテるのに全然女子《ぜんぜんじょし》に興味《きょうみ》がなさそうなんだ。

でも女《おんな》の子《こ》たちからは、「そこがまたカッコいい！」って言《い》われてるんだよね。

サラサラの黒髪《くろかみ》に切《き》れ長《なが》の瞳《ひとみ》、透《す》き通《とお》った白《しろ》い肌《はだ》。びっくりするほど整《ととの》った顔《かお》とバツグンのスタイルは、思《おも》わず見《み》とれてしまいそうなほど。

そのうえスポーツ万能《ばんのう》で成績《せいせき》も優秀《ゆうしゅう》だから、みんなからは完璧男子《かんぺきだんし》って言《い》われてる。

そしたらそこにもうひとり、茶色《ちゃいろ》い髪《かみ》をハーファップにしたイケメン男子《だんし》がやってきて。

「おはよ、紫月《しづき》！」

ポンと肩《かた》をたたかれた紫月《しづき》くんが、うしろを振《ふ》り返《かえ》る。

「あぁ、おはよ」

「あいかわらずモテモテじゃーん」

なんてからかうように笑《わら》う彼《かれ》は、同《おな》じくクラスメイトの藤井《ふじい》絢世《あやせ》くん。

「きゃーっ！　絢世《あやせ》くんおはよ～！」

「おうっ。みんなもおはよ～」

絢世《あやせ》くんは寄《よ》ってくる女《おんな》の子《こ》たちに、ニコニコ笑顔《えがお》で挨拶《あいさつ》を返《かえ》す。

彼《かれ》はこんな感《かん》じでとってもフレンドリーで、クラスのムードメーカー的存在《てきそんざい》なの。

しかもなんと、『FUJ《フ》I《ジ》グループ』という大企業《だいきぎょう》の御曹司《おんぞうし》で、超《ちょう》セレブなんだよ。

紫月《しづき》くんと絢世《あやせ》くんはうちのクラスでツートップと呼《よ》ばれるモテ男子《だんし》で、性格《せいかく》は対照的《たいしょうてき》だけど、じつはすごく仲《なか》がいいみたい。

私《わたし》はたぶん、ああいうキラキラした男《おとこ》の子《こ》たちとかかわることはないだろうなぁ……。

そんなことを思《おも》いながら、手《て》に持《も》っていた本《ほん》へと視線《しせん》を戻《もど》した。


——キーンコーンカーンコーン。

お昼休《ひるやす》み、いつものようにお弁当《べんとう》を持《も》って教室《きょうしつ》を出《で》た私《わたし》。

天気《てんき》のいい日《ひ》のお昼《ひる》ごはんは、中庭《なかにわ》で食《た》べることにしているんだ。

中庭《なかにわ》へ向《む》かって歩《ある》いていたら、向《む》こうから見覚《みおぼ》えのある長身《ちょうしん》の男《おとこ》の子《こ》がひとり歩《ある》いてくるのが見《み》えた。

近《ちか》くにいた男子《だんし》たちが彼《かれ》を見《み》て、ヒソヒソとささやく。

「やばっ。東堂《とうどう》だ！」

「あいつ、またケンカしたんじゃね？　今日《きょう》も顔《かお》に傷《きず》できてるぞ」

彼《かれ》、東堂蓮《とうどうれん》くんは同《おな》じ二年生《にねんせい》で、ちょっと不良《ふりょう》っぽい見《み》た目《め》の男《おとこ》の子《こ》。

イケメンだけど目《め》つきが悪《わる》くてぶっきらぼうだから、みんなから恐《おそ》れられているみたい。

私《わたし》は同《おな》じクラスになったことはないけれど、「ケンカ最強《さいきょう》」だとか、「目《め》を合《あ》わせたら殺《ころ》される」なんて言《い》われているから、ちょっと怖《こわ》い。

一年生《いちねんせい》の時《とき》にトラブルを起《お》こして、学園《がくえん》の寮《りょう》を追《お》い出《だ》されたってウワサだし……。

もちろん、ウワサや見《み》た目《め》だけで人《ひと》を判断《はんだん》しちゃいけないとは思《おも》うんだけどね。

そんな時《とき》、ふいにこちらを見《み》た蓮《れん》くんと、バチッと目《め》が合《あ》ってしまって。

あっ……！

その鋭《するど》い目《め》つきにビクッとして、あわてて視線《しせん》をそらす。

ど、どうしようっ。もしかしてにらまれた⁉

ジロジロ見《み》てんじゃねーよって思《おも》われちゃったかな？

怖《こわ》くなった私《わたし》は、とっさに歩《ある》くスピードを上《あ》げて、逃《に》げるようにその場《ば》を去《さ》った。

「ふう、あせった〜」

中庭《なかにわ》に着《つ》いた瞬間《しゅんかん》、ホッとして胸《むね》をなでおろす。

それにしても私《わたし》、さっきいきなり目《め》をそらしたのは、感《かん》じが悪《わる》かったよね。

蓮《れん》くんに目《め》を付《つ》けられちゃったらどうしよう……。

なんてあれこれ考《かんが》えながらも、いつもお昼《ひる》を食《た》べている大《おお》きな木《き》の下《した》へと向《む》かう。

この木陰《こかげ》は、私《わたし》の特等席《とくとうせき》なんだ。

すると、そこにひとりの男《おとこ》の子《こ》が寝転《ねころ》んでいる姿《すがた》が見《み》えて。

……あれ？　誰《だれ》かいる？

めずらしいなぁ、ここに人《ひと》がいるなんて。しかもよく見《み》たら知《し》ってる顔《かお》だ。

彼《かれ》はたしか、三組《さんくみ》の双葉凛寧《ふたばりんね》くん。

真《ま》っ白《しろ》な肌《はだ》に、長《なが》いまつげ、色素《しきそ》の薄《うす》い髪《かみ》。一見女《いっけんおんな》の子《こ》とまちがえるほどかわいい顔《かお》をした凛《りん》寧《ね》くんは、女子《じょし》たちから大人気《だいにんき》みたい。

こんなに間近《まぢか》で見《み》たのははじめてだけど、ほんとにキレイな顔《かお》をしてるんだなぁ。

寝顔《ねがお》があまりにかわいくて、ついついじっと見《み》ちゃうよ。

でも起《お》こしちゃったら悪《わる》いし、ちょっと離《はな》れたところで食《た》べようかな。

そう思《おも》った私《わたし》はそのまま木陰《こかげ》を通《とお》りすぎ、中庭《なかにわ》にあるベンチに腰《こし》かけた。

「いただきまーす」

お弁当《べんとう》のふたを開《あ》け、両手《りょうて》を合《あ》わせる。

最初《さいしょ》に口《くち》にしたのはもちろん、ハンバーグ。

うん、上出来《じょうでき》！

われながらとってもおいしくて、思《おも》わず顔《かお》がにやけそうになる。

そんな時《とき》、ふとポケットに入《い》れていたスマホがブルッとふるえたことに気《き》がついて。

すぐさま取《と》り出《だ》して確認《かくにん》したら、お母《かあ》さんから一通《いっつう》のメッセージが来《き》ていた。

【大事《だいじ》な話《はなし》があるから、今日《きょう》はなるべく早《はや》く帰《かえ》ってきてね】

えっ。大事《だいじ》な話《はなし》？　しかもなるべく早《はや》くって……お母《かあ》さん、いつも帰《かえ》ってくるの遅《おそ》いのに。

なにかあったのかな？

なんとなくただ事《ごと》じゃないような気配《けはい》を感《かん》じて、急《きゅう》に不安《ふあん》になってしまった。


放課後《ほうかご》。まっすぐ家《いえ》に帰《かえ》った私《わたし》は、さっそくお母《かあ》さんにたずねてみた。

「お母《かあ》さん、話《はなし》ってなに？」

そしたらお母《かあ》さんは、机《つくえ》の上《うえ》で手《て》を組《く》みながら。

「ごめんね琴梨《ことり》。おどろかせてしまうかもしれないけど、聞《き》いてちょうだい」

お母《かあ》さんの表情《ひょうじょう》が、いつになく暗《くら》くてドキッとする。

「じつはお母《かあ》さん……リストラされちゃったのよ」

「えぇっ!!」
リ、リストラって、会社《かいしゃ》をクビになったってこと!?
あんなに毎日一生懸命《まいにちいっしょうけんめい》働《はたら》いてたのに！

「ずっと会社《かいしゃ》の経営《けいえい》が厳《きび》しくてね。覚悟《かくご》はしてたんだけど……。だから、ごめんなさい。もうこの家《いえ》には住《す》めないの。無職《むしょく》になったら家賃《やちん》を払《はら》えなくなっちゃうから」

「ウ、ウソッ……」

ってことはつまり、引《ひ》っ越《こ》すの!?

じゃあ学校《がっこう》はどうなるのかな？

と思《おも》ってたら、続《つづ》けてお母《かあ》さんが。

「ほんとは学校《がっこう》だけでもこのまま通《かよ》わせてあげたかったんだけどね。三《み》ツ星学園《ぼしがくえん》は名門私立《めいもんしりつ》で学費《がくひ》も高《たか》いでしょ。払《はら》い続《つづ》けるのが厳《きび》しくて……。申《もう》し訳《わけ》ないけど、今月《こんげつ》いっぱいで転校《てんこう》してもらわないといけないのよ」

「えぇっ!?」

今月《こんげつ》いっぱいって、あと一週間《いっしゅうかん》しかないよね？

そんな急《きゅう》に……。

「琴梨《ことり》、お母《かあ》さんのせいで本当《ほんとう》にごめんね」

苦《くる》しそうな顔《かお》で言《い》われたら、なにも言《い》えなくなっちゃう。

どうしよう。ショックだけど、お母《かあ》さんだってショックだよね……。

予想外《よそうがい》の事態《じたい》に、私《わたし》はただ呆然《ぼうぜん》とすることしかできなかった。

3 ヒミツのシェアハウス

お母《かあ》さんのリストラから数日《すうじつ》がたった。

引《ひ》っ越《こ》しの日《ひ》が、着々《ちゃくちゃく》と近《ちか》づいてきている。

ちなみに来月《らいげつ》からお母《かあ》さんの再就職先《さいしゅうしょくさき》が決《き》まるまでは、遠《とお》くに住《す》んでいるおばあちゃんの家《いえ》にお世話《せわ》になることになったんだ。

学校《がっこう》も、その近《ちか》くの公立中学《こうりつちゅうがく》へ転校《てんこう》する予定《よてい》みたい。

転校《てんこう》、かぁ……。

努力《どりょく》してせっかく入《はい》れたあこがれの中学校《ちゅうがっこう》だったけど、しかたがないよね。

三ツ星学園《みつぼしがくえん》には学園寮《がくえんりょう》もあるけれど、寮《りょう》に入《はい》るのだってお金《かね》がかかるし。

私立《しりつ》で学費《がくひ》も高《たか》いから、お母《かあ》さんにこれ以上苦労《いじょうくろう》はかけられないもん。

お母《かあ》さんとふたり、歩《ある》いて理事長室《りじちょうしつ》へと向《む》かう。

今日《きょう》は転校手続《てんこうてつづ》きのために放課後《ほうかご》お母《かあ》さんと待《ま》ち合《あ》わせをしたんだけど、なぜか理事長《りじちょう》に呼《よ》ばれたみたいなの。

理事長《りじちょう》と直接話《ちょくせつはなし》をするのははじめてだから、ちょっと緊張《きんちょう》しちゃうな……。

――コンコン。

ドアをノックすると、中《なか》から「どうぞ」と声《こえ》がする。

「失礼《しつれい》します」

中《なか》へ入《はい》って頭《あたま》を下《さ》げると、机《つくえ》の前《まえ》に白髪《はくはつ》の理事長《りじちょう》が笑顔《えがお》で座《すわ》っていた。

「どうも、お久《ひさ》しぶりです。春名《はるな》さん」

なぜかお母《かあ》さんを見《み》るなり、そう声《こえ》をかけた理事長《りじちょう》。

えっと、お久《ひさ》しぶりってことは……理事長《りじちょう》はうちのお母《かあ》さんと会《あ》ったことがあるってこと？

なんで？

「えっ。えーっと……」

戸惑《とまど》うお母《かあ》さんを見《み》て、理事長《りじちょう》がクスッと笑《わら》う。

「さすがに十年《じゅうねん》も前《まえ》のことだし、覚《おぼ》えていないかな。私《わたし》は一時期《いちじき》入院《にゅういん》していたことがあってね。その時《とき》、隣《となり》のベッドにいつもお見舞《みま》いに来《き》ていた春名《はるな》さん親子《おやこ》と会《あ》ったんですよ」

それを聞《き》いて、ふと思《おも》い出《だ》す。

そういえば昔《むかし》、まだお父《とう》さんが生《い》きていたころ。

私《わたし》はお母《かあ》さんと一緒《いっしょ》に、病気《びょうき》のお父《とう》さんのお見舞《みま》いのため、病院《びょういん》に通《かよ》っていたんだ。

「……あっ！　もしかして、あの時夫《ときおっと》のベッドのお隣《となり》だった……藤井《ふじい》さんですか？」

お母《かあ》さんが思《おも》い出《だ》したようにたずねると、うなずく理事長《りじちょう》。

「そうそう。思《おも》い出《だ》してくれたかな？　なにせ春名《はるな》さんは、私《わたし》の命《いのち》の恩人《おんじん》だからね」

命《いのち》の恩人《おんじん》？

「えっ！」

おどろく私《わたし》を見《み》て、理事長《りじちょう》はしみじみと語《かた》りだす。

「私《わたし》が入院中《にゅういんちゅう》、病室《びょうしつ》で発作《ほっさ》を起《お》こしたことがあってね。ナースコールに手《て》が届《とど》かなくて苦《くる》しんでいた私《わたし》に春名《はるな》さんが気《き》づいて、とっさにお医者《いしゃ》さんを呼《よ》んでくれたんだ。それがなかったら、今《いま》ごろどうなっていたことか」

そっか、そんなことが。

全然《ぜんぜん》覚《おぼ》えてなかったな……。

「あの時《とき》連《つ》れていた女《おんな》の子《こ》が、まさかこんなに大《おお》きくなって、うちの学園《がくえん》に入《はい》ってくれていたとはね」

そしたらお母《かあ》さんも、なつかしむような笑顔《えがお》を浮《う》かべて言《い》った。

「お久《ひさ》しぶりです。まさか藤井《ふじい》さんがここの理事長《りじちょう》をされていたなんて……。でも、またお会《あ》いできてうれしいです」

「私《わたし》もですよ。転校関係書類《てんこうかんけいしょるい》の名前《なまえ》を確認《かくにん》した時《とき》に、まさかと思《おも》ってね。ちなみに事情《じじょう》はうかがったよ。転校《てんこう》を考《かんが》えているそうじゃないですか」

「はい、そうなんです。もちろん通《かよ》わせ続《つづ》けたい気持《きも》ちは山々《やまやま》なんですが……やっぱり経済的《けいざいてき》に厳《きび》しくて」

心苦《こころぐる》しそうな顔《かお》で答《こた》えるお母《かあ》さんを見《み》て、今度《こんど》は私《わたし》に視線《しせん》を移《うつ》す理事長《りじちょう》。

「琴梨《ことり》さんは、どうですか？　今《いま》の学園生活《がくえんせいかつ》は楽《たの》しいですか？」

「は、はいっ。私《わたし》もこの学校《がっこう》が大好《だいす》きなので、できることならずっと通《かよ》い続《つづ》けたかったです。でも、お母《かあ》さんにこれ以上苦労《いじょうくろう》はかけられないので……」

私《わたし》がそう言《い》うと、理事長《りじちょう》は少《すこ》しの間黙《あいだだま》ってから、また口《くち》を開《ひら》く。

「なるほど。そういうことなら、私《わたし》からご提案《ていあん》があります」

そして、お母《かあ》さんをまっすぐ見《み》つめると。

「琴梨《ことり》さんを、このままうちの学園《がくえん》で預《あず》からせていただけないかな？」

「えっ！」

なにそれ。

預《あず》かるって、どういうこと⁉

私《わたし》とお母《かあ》さんがぎょっとした顔《かお》をすると、理事長《りじちょう》は続《つづ》けて語《かた》りだした。

「じつは今《いま》、うちの学園《がくえん》の寮《りょう》は満室《まんしつ》なんですが、寮《りょう》の代《か》わりとして貸《か》しているシェアハウスに一《ひと》部屋《へやあ》空きがあるんですよ。琴梨《ことり》さんには、そこから通《かよ》ってもらえたらどうかなと思《おも》ってね」

「シェアハウス、ですか……。でもお恥《は》ずかしい話《はなし》、そういったところに住《す》まわせるお金《かね》も、うちでは捻出《ねんしゅつ》できそうになくて……」

お母《かあ》さんが気《き》まずそうに答《こた》えると、理事長《りじちょう》はほほ笑《え》みながら。

「もちろん事情《じじょう》はわかっていますので、無料《むりょう》でね。その代《か》わり、琴梨《ことり》さんには料理《りょうり》や掃除《そうじ》など、シェアハウスのお手伝《てつだ》いをお願《ねが》いしたいんです。最近世話係《さいきんせわがかり》の方《かた》がギックリ腰《ごし》になってしまって、思《おも》うように動《うご》けなくてね。もし引《ひ》き受《う》けてくれるなら、家賃《やちん》と生活費《せいかつひ》は免除《めんじょ》とさせていただくよ」

「えぇっ！」

思《おも》いもよらない提案《ていあん》に、顔《かお》を見合《みあ》わせる私《わたし》とお母《かあ》さん。

だってまさか、無料《むりょう》でシェアハウスに住《す》まわせてもらえるなんて！

「そ、そんなっ。いいんですか？　そこまでしていただいて……」

お母《かあ》さんがたずねたら、理事長《りじちょう》はニコッと笑《わら》ってうなずいた。

「いいんですよ。春名《はるな》さんは私《わたし》の命《いのち》の恩人《おんじん》ですし、これも恩返《おんがえ》しだと思《おも》ってくれれば。ただ学費《がくひ》については、特待生制度《とくたいせいせいど》の優遇《ゆうぐう》を受《う》けるための試験《しけん》を受《う》けていただくけどね。琴梨《ことり》さんの成績《せいせき》なら、まず問題《もんだい》ないだろう。私《わたし》からも推薦《すいせん》はしておくから」

それを聞《き》いたお母《かあ》さんが、私《わたし》の顔《かお》をのぞき込《こ》んでくる。

「どうする？　琴梨《ことり》」

ど、どうしよう……。

でも正直《しょうじき》、こんなにありがたい話《はなし》ってないよね。

もちろんお母《かあ》さんと離《はな》れることには不安《ふあん》もあるけど、私《わたし》だって転校《てんこう》はしたくない。

卒業《そつぎょう》までこの学園《がくえん》に通《かよ》いたい。

そのためならシェアハウスのお手伝《てつだ》いだって、試験《しけん》だって、なんだってがんばれるような気《き》がする……！

「ぜ、ぜひよろしくお願《ねが》いしますっ！　試験《しけん》も受《う》けさせてください！」

意《い》を決《けっ》して頭《あたま》を下《さ》げたら、隣《となり》でお母《かあ》さんも頭《あたま》を下《さ》げた。

「ありがとうございます！　本当《ほんとう》に助《たす》かりますっ」

「いえいえ。どういたしまして」

理事長《りじちょう》は優《やさ》しくほほ笑《え》むと、再《ふたた》び私《わたし》と目《め》を合《あ》わせる。

「ちなみにシェアハウスには今四人《いまよにん》の生徒《せいと》が住《す》んでいるんだけど、みんないい子《こ》たちだから。きっと琴梨《ことり》さんも仲良《なかよ》くなれるはずだ」

その言葉《ことば》を聞《き》いた瞬間《しゅんかん》、ハッとした。

そっか。シェアハウスってことは、同居人《どうきょにん》がいるんだ！

大丈夫《だいじょうぶ》かな、私《わたし》。

人見知《ひとみし》りだけど仲良《なかよ》くやっていけるかな？

「もちろん、ひとり一部屋個室《ひとへやこしつ》があるから安心《あんしん》してほしい。建物自体《たてものじたい》は一軒家《いっけんや》だけど、プライベートもちゃんと守《まも》れるようになっているから」

――コンコン。

するとその時《とき》、理事長室《りじちょうしつ》のドアをたたく音《おと》が聞《き》こえて。

「伯父《おじ》さーん。入《はい》るよ～」

なんて言《い》いながらガチャッとドアを開《あ》けて入《はい》ってきたのは、クラスメイトの絢世《あやせ》くんだった。

しかも今《いま》、『伯父《おじ》さん』って言《い》ったよね？　理事長《りじちょう》のこと。

もしかして、親戚《しんせき》とか……？

「おぉ絢世《あやせ》。待《ま》ってたぞ」

理事長《りじちょう》が絢世《あやせ》くんに声《こえ》をかけた瞬間《しゅんかん》、私《わたし》を見《み》てハッとした顔《かお》になる絢世《あやせ》くん。

「あれ？　春名《はるな》じゃん。なにしてんの、ここで」

「え、えっと……っ」

「彼女《かのじょ》がシェアハウスの新《あたら》しい住人《じゅうにん》だよ。野口《のぐち》さんのお手伝《てつだ》いをしてくれることになったんだ」

理事長《りじちょう》が説明《せつめい》すると、絢世《あやせ》くんはおどろいた顔《かお》をする。

「マジで!?　新《あたら》しい子《こ》って、春名《はるな》のことだったの？」

すると理事長《りじちょう》は、私《わたし》とお母《かあ》さんに向《む》かって。

「じつは絢世《あやせ》は私《わたし》の甥《おい》っ子《こ》でね。この子《こ》もシェアハウスに住《す》んでるんだよ」

「えっ！」

そうだったの!?

じゃあ、絢世《あやせ》くんも同居人《どうきょにん》ってこと!?

そしたら絢世《あやせ》くんは、お母《かあ》さんに向《む》かって礼儀正《れいぎただ》しくぺこりと頭《あたま》を下《さ》げた。

「はじめまして。春名《はるな》さんのクラスメイトの藤井《ふじい》絢世《あやせ》です。よろしくお願《ねが》いします」

「どうも、春名《はるな》琴梨《ことり》の母《はは》です。こちらこそよろしくお願《ねが》いします。クラスメイトの子《こ》が一緒《いっしょ》なら心強《こころづよ》いわ」

ホッとしたように笑《わら》うお母《かあ》さん。

だけど私《わたし》は正直《しょうじき》、ちょっと戸惑《とまど》ってる。

だってまさか、男《おとこ》の子《こ》と一緒《いっしょ》に住《す》むなんて……！

「春名《はるな》も、あらためてよろしく」

絢世《あやせ》くんはそう言《い》うと、私《わたし》に向《む》かって握手《あくしゅ》を求《もと》めるように手《て》を差《さ》し出《だ》してくる。

「よ……よろしくお願《ねが》いしますっ」

ドキドキしながら絢世《あやせ》くんの手《て》を握《にぎ》ったら、理事長《りじちょう》が声《こえ》をかけてきた。

「それじゃ絢世《あやせ》。さっそく琴梨《ことり》さんにシェアハウスを案内《あんない》してやってくれ」

「オッケー。じゃあ春名《はるな》、俺《おれ》についてきて」

絢世《あやせ》くんはそう言《い》うと、そのまま私《わたし》の手《て》を取《と》って歩《ある》きだす。

あわわっ。ちょっと待《ま》って。

これじゃまるで、手《て》をつないでるみたいだよっ！

どうしよう。転校《てんこう》しなくていいのは助《たす》かったけど……。
べつの意味《いみ》で不安《ふあん》になってきちゃったよ～！

4 同居人《どうきょにん》は、全員《ぜんいん》ワケあり男子《だんし》!?

「まさか、春名《はるな》が新《あら》たな同居人《どうきょにん》だったなんてね〜」

隣《となり》を歩《ある》く絢世《あやせ》くんが、笑顔《えがお》で話《はな》しかけてくる。

「急《きゅう》でごめんね。迷惑《めいわく》じゃないかな?」

「大丈夫《だいじょうぶ》だって。むしろ、俺的《おれてき》にはかわいい子《こ》が来《き》てくれてうれしいし」

「……なっ!」

かわいい!? 冗談《じょうだん》だよね?

私《わたし》がうろたえていたら、絢世《あやせ》くんは突然《とつぜん》口《くち》の前《まえ》で人差《ひとさ》し指《ゆび》を立《た》てると、こう言《い》った。

「でも、シェアハウスのことはヒミツにしてね」

「えっ。ヒミツ?」

「うん。じつはうちの学校《がっこう》のほかの生徒《せいと》たちは、シェアハウスの存在《そんざい》を知《し》らないんだ。寮《りょう》とはべつに伯父《おじ》さんが個人《こじん》で持《も》ってる一軒家《いっけんや》を貸《か》してくれてるんだけど、生徒《せいと》たちの間《あいだ》で公《おおやけ》にはされていないから」

「そうなんだ」

「うちの学校《がっこう》は自宅《じたく》からの通学《つうがく》もオッケーだけど、寮《りょう》もあるだろ？　シェアハウスには事情《じじょう》があって寮《りょう》や自宅《じたく》から通《かよ》うことができない生徒《せいと》たちが集《あつ》まってるんだ。だからほかの人《ひと》に知《し》られると、いろいろ面倒《めんどう》っていうか」

……なるほど。

じゃあ絢世《あやせ》くんにもなにか、事情《じじょう》があるってことなのかな？

「わかった。ちゃんとヒミツにするね」

私《わたし》がうなずいたら、絢世《あやせ》くんはホッとしたようにほほ笑《え》むと、目《め》を見《み》てたずねてきた。

「そういえば、春名《はるな》って下《した》の名前《なまえ》なんだっけ？」

「えっと、琴梨《ことり》です」

「オッケー。じゃあこれからは琴梨《ことり》って呼《よ》ぶね」

「えぇっ？」

待《ま》って。いきなり呼《よ》び捨《す》て!?

まともにしゃべったの、今日《きょう》がはじめてなのに！

「だって、同居人《どうきょにん》だし仲良《なかよ》くしなきゃ。てなわけで、これからよろしくね。琴梨《ことり》」

絢世《あやせ》くんはそう言《い》って立《た》ち止《ど》まると、私《わたし》の頭《あたま》にポンと片手《かたて》を乗《の》せて顔《かお》をのぞき込《こ》んでくる。

わわっ、近《ちか》い……！

さっきから思《おも》ってたけど、絢世《あやせ》くんってだいぶ距離《きょり》が近《ちか》めな人《ひと》？

こういうの、慣《な》れてないから戸惑《とまど》っちゃうよ〜っ。

「は、はいっ」

どぎまぎしながらうなずいたら、彼《かれ》はなぜか楽《たの》しそうにくすっと笑《わら》った。

「ここが、俺《おれ》たちの住《す》んでるシェアハウスだよ」

絢世《あやせ》くんがそう言《い》って、目《め》の前《まえ》の建物《たてもの》を指《ゆび》さす。

シェアハウスは想像《そうぞう》していた以上《いじょう》に大《おお》きくて、テレビCM《シーエム》に出《で》てくるモデルハウスのようなおしゃれな一軒家《いっけんや》だった。

「すごいっ。素敵《すてき》なおうちだね！」

「ははっ、気《き》に入《い》ってくれてよかった。今《いま》から中《なか》も案内《あんない》するよ」

言《い》われるがまま、玄関《げんかん》までついていく私《わたし》。

「この時間《じかん》ならほかのメンバーもたぶん家《いえ》にいると思《おも》うから、紹介《しょうかい》するね」

それを聞《き》いたとたん、心臓《しんぞう》がドキンと音《おと》を立《た》てた。

そっか。これからほかのメンバーにも会《あ》えるんだ！

なんだか緊張《きんちょう》しちゃうな。女《おんな》の子《こ》もいるのかな？

カギをまわしドアを開《あ》けた絢世《あやせ》くんに続《つづ》いて、自分《じぶん》も中《なか》に入《はい》る。

「お、おじゃましますっ……」

「ただいまー！」

だけど、絢世《あやせ》くんが大声《おおごえ》で呼《よ》びかけても反応《はんのう》はなく、家《いえ》の中《なか》はシーンとしていた。

「あれ、誰《だれ》もいない？　みんなまだ帰《かえ》ってないのかな？　まぁいいや」

そのままリビングへと通《とお》された私《わたし》。

リビングは想像《そうぞう》以上《いじょう》に広《ひろ》くて、大《おお》きなソファやテーブル、テレビなど、立派《りっぱ》な家具《かぐ》が置《お》かれていて、やっぱりすごくおしゃれな雰囲気《ふんいき》。

ところどころに、脱《ぬ》ぎ捨《す》てた靴下《くつした》などの衣類《いるい》が散《ち》らかっているみたいだけど。

「わぁ、中《なか》も広《ひろ》いんだね」

私《わたし》がキョロキョロとあたりを見回《みまわ》していたら、絢世《あやせ》くんがソファに置《お》いてあったジャージをサッとどかして言《い》った。

「なんか散《ち》らかっててごめんね～。世話係《せわがかり》の野口《のぐち》さんも、今日《きょう》はまだ来《き》てなくてさ。ここ、リビングは共有《きょうゆう》スペースだから好《す》きに使《つか》って」

「ううん、気《き》にしないよ。ありがとう」

「それじゃ、飲《の》み物《もの》とお菓子用意《かしようい》してくるから、座《すわ》ってて」

絢世《あやせ》くんはそう言《い》うと、スタスタとキッチンへと入《はい》っていく。

私《わたし》はとりあえずソファに腰《こし》を下《お》ろしてみたけれど、なんだかそわそわしてしまって。

どうしよう。やっぱり落《お》ち着《つ》かないから、手《て》でも洗《あら》ってこようかな。

「あのっ、洗面所《せんめんじょ》借《か》りてもいいかな？」

思《おも》わずたずねたら、絢世《あやせ》くんはカウンターキッチンから顔《かお》を出《だ》し、明《あか》るく答《こた》えてくれた。

「いいよー。廊下《ろうか》の右側《みぎがわ》にあるから。てか、遠慮《えんりょ》しないで家《いえ》の中《なか》勝手《かって》に見《み》ていいよ。琴梨《ことり》もここに住《す》むんだから」

「そ、そっか。ありがとうっ」

親切《しんせつ》だなぁ、絢世《あやせ》くん。

男《おとこ》の子《こ》と一緒《いっしょ》に住《す》むのは緊張《きんちょう》するけど、同居人《どうきょにん》が絢世《あやせ》くんみたいにフレンドリーな人《ひと》でよかったかも。


ほかのメンバーも、いい人《ひと》だといいな。

そんなことを考《かんが》えながら、リビングを出《で》て廊下《ろうか》へ。

えっとたしか、右側《みぎがわ》のドアが洗面所《せんめんじょ》だよね？

ということは、たぶんここだ。

ガチャッとドアを開《あ》けたその瞬間《しゅんかん》、せっけんのようないい香《かお》りがただよってきた。

あれっ？　誰《だれ》かいる……？

と思《おも》って見《み》たら目《め》の前《まえ》には、上半身裸《じょうはんしんはだか》の男《おとこ》の子《こ》が立《た》っていて。

「うわっ！」

「きゃあああっ‼」

腰《こし》に一枚《いちまい》タオルを巻《ま》いてはいるけれど、その姿《すがた》に思《おも》わず悲鳴《ひめい》をあげてしまう。

どうしようっ。裸《はだか》っ！

男《おとこ》の子《こ》の裸《はだか》見《み》ちゃった……！

真《ま》っ白《しろ》な肌《はだ》に、長《なが》い手足《てあし》。キレイに割《わ》れた腹筋《ふっきん》。

おそるおそる顔《かお》を確認《かくにん》したら、その人物《じんぶつ》はなんと——。

「えっ、紫月《しづき》くん!?」

そう。よく見《み》たらクラスメイトでモデルの紫月《しづき》くんだった。

ウソでしょっ。なんで紫月《しづき》くんがここに!?

「なっ、なにしてんだよ！」

「ちがうのっ。私《わたし》はただ手《て》を洗《あら》いに……っ」

「そうじゃなくて、なんでお前《まえ》がこの家《いえ》にいるんだって聞《き》いてんの！」

ムッとした顔《かお》で問《と》い詰《つ》められて、オロオロする私《わたし》。

「えっと……それはあのっ」

どうしようっ。なにから説明《せつめい》したらいいのかな？

状況《じょうきょう》が状況《じょうきょう》なだけに、頭《あたま》が全然《ぜんぜん》働《はたら》かないよ～！

「す、すみませんでしたっ!!」

パニックになった私《わたし》は、思《おも》わず踵《きびす》を返《かえ》し、リビングへと逃《に》げ戻《もど》ってしまった。

「えっ、新《あたら》しい同居人《どうきょにん》!?」

紫月《しづき》くんがおどろいたように声《こえ》をあげると、絢世《あやせ》くんがうなずく。

「そう。伯父《おじ》さんの紹介《しょうかい》でね。いろいろ事情《じじょう》があるみたいで、今度《こんど》からここで暮《く》らすことになったんだよ」

そのあと、着替《きが》えて髪《かみ》を乾《かわ》かした紫月《しづき》くんに、絢世《あやせ》くんがちゃんと説明《せつめい》をしてくれて。

そしたらおどろいたことに、紫月《しづき》くんもこのシェアハウスの住人《じゅうにん》だということがわかった。

「いや、でも女子《じょし》が来《く》るとか聞《き》いてねーし」

そう言《い》う紫月《しづき》くんは、さっきからずっとムスッとしてる。

たぶん私《わたし》が裸《はだか》を見《み》ちゃったから、よけいに怒《おこ》ってるんだと思《おも》うけど……。

おかげでいまだに心臓《しんぞう》がドキドキいってる。

ダメだ。思《おも》い出《だ》すだけでまた恥《は》ずかしくなってきたよ～。

そしたら絢世《あやせ》くんが、紫月《しづき》くんの肩《かた》をポンとたたいた。

「まぁまぁ、そう固《かた》いこと言《い》うなって。仲《なか》よくしようぜ、クラスメイトなんだし」

「俺《おれ》は無理《むり》」

プイッとそっぽを向《む》く紫月《しづき》くんはどうやら、私《わたし》がここに住《す》むことに反対《はんたい》みたい。

やっぱり、迷惑《めいわく》だったかな……。

思《おも》わず申《もう》し訳《わけ》なくなって下《した》を向《む》いたら、絢世《あやせ》くんがフォローするように声《こえ》をかけてきた。

「ごめんねー。こいつ、芸能活動《げいのうかつどう》してるせいもあってか、警戒心《けいかいしん》が強《つよ》くてさ」

「い、いえっ。私《わたし》のほうこそごめんなさい」

「いいのいいの。気《き》にしないで、いつものことだし」

そんな時《とき》、バタンと玄関《げんかん》のドアが開《ひら》く音《おと》がして。

「あ、帰《かえ》ってきた！」

ドタバタした足音《あしおと》とともに、誰《だれ》かがリビングへと入《はい》ってきた。

「ただいま」

「ただいまー。あれ？　お客《きゃく》さん？」

あらわれたふたりを見《み》て、ぎょっとする。

だってそこにいたのは、ケンカ最強《さいきょう》と言《い》われる蓮《れん》くんと、かわいくて人気《にんき》の凛寧《りんね》くんだったから！

まさか、このふたりも同居人《どうきょにん》!?

「おかえり〜。この子《こ》は新《あたら》しくここで一緒《いっしょ》に暮《く》らすことになった琴梨《ことり》だよ。野口《のぐち》さんのお手伝《てつだ》いをしてくれるんだってさ」

絢世《あやせ》くんが私《わたし》を紹介《しょうかい》した瞬間《しゅんかん》、おどろいた顔《かお》をする凛寧《りんね》くんたち。

「えっ。女《おんな》の子《こ》？」

私《わたし》はすかさずソファから立《た》ち上《あ》がると、ふたりに向《む》かってぺこりと頭《あたま》を下《さ》げた。

「は、春名琴梨《はるなことり》ですっ。よろしくお願《ねが》いします！」

「……おう。よろしく」

意外《いがい》にも先《さき》に返事《へんじ》をしてくれたのは、蓮《れん》くんのほうで。

続《つづ》けて凛寧《りんね》くんも、私《わたし》を見《み》てニコッとキュートな笑《え》みを浮《う》かべる。

「はじめまして、僕《ぼく》は双葉凛寧《ふたばりんね》。仲《なか》よくしてね」

そしたら絢世《あやせ》くんが、みんなに向《む》かって。

「ってなわけで、これからは五人《ごにん》で楽《たの》しくやってこうなっ」

あ、あれ？　待《ま》って……。

ということは、同居人《どうきょにん》は全員男《ぜんいんおとこ》の子《こ》ってこと⁉

まさか、女子《じょし》がひとりもいないなんて！
大丈夫《だいじょうぶ》かな、私《わたし》……。ほんとにやっていけるのかな？
考《かんが》えだしたら、ますます不安《ふあん》でいっぱいになってしまった。

5 同居生活《どうきょせいかつ》スタート

みんなにあいさつした次《つぎ》の日《ひ》のこと。

「それじゃ、これから琴梨《ことり》ちゃんの部屋《へや》に案内《あんない》するわね」

野口《のぐち》さんがそう言《い》って階段《かいだん》をのぼりはじめたので、うしろをついていく。

彼女《かのじょ》、野口《のぐち》さんはシェアハウスの世話係《せわがかり》で、毎日《まいにち》このハウスに来《き》て家事《かじ》や料理《りょうり》の世話《せわ》をしてくれている方《かた》。

年齢《ねんれい》はたぶん、うちのお母《かあ》さんと同《おな》じくらい。

今日《きょう》から私《わたし》はこのシェアハウスに住《す》ませてもらう代《か》わりに、野口《のぐち》さんのお手伝《てつだ》いをすることになってるんだ。

お母《かあ》さんは、おばあちゃんの家《いえ》に引《ひ》っ越《こ》しを早《はや》めて、就職活動《しゅうしょくかつどう》をがんばることにしたみたい。

私《わたし》がシェアハウスに入《はい》れることになったから、安心《あんしん》しきっているようだけど……。

私《わたし》はまさか同居人《どうきょにん》が全員男《ぜんいんおとこ》の子《こ》だとは思《おも》わなかったから、いまだに不安《ふあん》。

よりによって、学園《がくえん》でも有名《ゆうめい》なイケメン男子《だんし》ばかりだし。

女《おんな》の子《こ》たちに知《し》られたら、大変《たいへん》なことになりそうだよ～っ。

「ここが琴梨《ことり》ちゃんのお部屋《へや》よ。好《す》きに使《つか》っていいからね」

野口《のぐち》さんがそう言《い》って、部屋《へや》のドアを開《あ》ける。

案内《あんない》されたのは、日当《ひあ》たりのよい八畳《はちじょう》ほどのかわいい部屋《へや》だった。

「わぁっ。素敵《すてき》な部屋《へや》！」

すごい。ちゃんとベッドや机《つくえ》とかの家具《かぐ》まで置《お》いてあるんだ。

カーテンもピンクの水玉模様《みずたまもよう》でかわいいし、いろいろそろえてくれてありがたいなぁ。

「私《わたし》は夜《よる》には自宅《じたく》に帰《かえ》っちゃうけど、この近《ちか》くに住《す》んでるから。なにか困《こま》ったことがあったらいつでも連絡《れんらく》してちょうだいね」

「はいっ。ありがとうございます」

「これから家事《かじ》の段取《だんど》りも説明《せつめい》するけど、今日《きょう》は琴梨《ことり》ちゃんの歓迎会《かんげいかい》ってことで、私《わたし》が食事《しょくじ》を作《つく》るから大丈夫《だいじょうぶ》よ。だから家事《かじ》は明日《あした》から手伝《てつだ》って……いたたっ！」

だけどその時急《ときさゅう》に野口《のぐち》さんが、険《けわ》しい顔《かお》で自分《じぶん》の腰《こし》を押《お》さえはじめて。

「だ、大丈夫《だいじょうぶ》ですかっ!?」

どうやら腰《こし》の痛《いた》みが悪化《あっか》したみたい。すごく辛《つら》そう。

心配《しんぱい》になった私《わたし》は、すぐさま野口《のぐち》さんをベッドに座《すわ》らせた。

「やっぱり野口《のぐち》さんは休《やす》んでてくださいっ。私《わたし》が全部《ぜんぶ》やります！」

「すげーっ！　これ、全部《ぜんぶ》琴梨《ことり》が作《つく》ったの？」

テーブルに並《なら》んだ料理《りょうり》を見《み》て、絢世《あやせ》くんが目《め》を輝《かがや》かせる。

そう。じつはさっき腰《こし》を痛《いた》めた野口《のぐち》さんの代《か》わりに、私《わたし》が夕飯《ゆうはん》を作《つく》ったんだ。

といっても、家《いえ》にあった食材《しょくざい》で適当《てきとう》に作《つく》っただけなんだけどね。

「うん。簡単《かんたん》なものばかりでごめんね」

私《わたし》がうなずいたら、横《よこ》から凛寧《りんね》くんも笑顔《えがお》で声《こえ》をかけてきた。

「わぁ、おいしそう！　琴梨《ことり》ちゃんって料理上手《りょうりじょうず》なんだね」

「そんなことないよっ。ただ料理《りょうり》が好《す》きなだけだから」

思《おも》いがけずほめてもらえて、うれしいけど照《て》れくさくなっちゃう。

「「いただきまーす」」

野口《のぐち》さんも一緒《いっしょ》に、六人《ろくにん》でテーブルを囲《かこ》みながら手《て》を合《あ》わせる。

するとオムライスを一口《ひとくち》食《た》べた瞬間《しゅんかん》、絢世《あやせ》くんが大《おお》きく目《め》を見開《みひら》いた。

「ん、うまっ！　なにこのふわふわのオムライス！」

続《つづ》けて凛寧《りんね》くんも感激《かんげき》したように。

「このポテトサラダもめちゃくちゃおいしいよ！」

「ほんと？　よかったぁ〜」

ホッとして笑《わら》ったら、隣《となり》に座《すわ》る野口《のぐち》さんが申《もう》し訳《わけ》なさそうに言《い》った。

「ごめんなさいねぇ。結局琴梨《けっきょくことり》ちゃんにお願《ねが》いしちゃって。でもこの料理《りょうり》、ほんとに全部《ぜんぶ》おいしいわ」

「いえいえ。お手伝《てつだ》いする約束《やくそく》で来《き》たので、このくらい当然《とうぜん》ですよ」

「いやー、マジで琴梨《ことり》が来《き》てくれてよかったなっ」

絢世《あやせ》くんはそう言《い》うと、ふと蓮《れん》くんのほうを向《む》いて。

「てか、蓮《れん》のやつデザートから食《く》ってるし！」

言《い》われて蓮《れん》くんを見《み》てみたら、さっそくデザートのフルーツポンチを食《た》べはじめていて、びっくりした。

「いいだろ。好《す》きなものから食《く》うんだよ、俺《おれ》は」

「いやいや、順番《じゅんばん》おかしいだろっ」

「あははっ。蓮《れん》ってほんと甘《あま》いものに目《め》がないよね～」

凛寧《りんね》くんもあきれたように笑《わら》ってる。

そうなんだ。蓮《れん》くんって甘《あま》いものが好《す》きなんだ。なんか意外《いがい》。

そんな中《なか》、向《む》かいに座《すわ》る紫月《しづき》くんだけは、無言《むごん》で静《しず》かに箸《はし》を動《うご》かしている。

そういえば、さっきからほとんどしゃべらないな。紫月《しづき》くん。

やっぱり私《わたし》と同居《どうきょ》するのが嫌《いや》だからなのかなぁ……。

その表情《ひょうじょう》がなんだか不機嫌《ふきげん》そうに見《み》えて、すごく気《き》になってしまった。


みんなの食欲《しょくよく》は想像以上《そうぞういじょう》で、作《つく》ったおかずもデザートも完食《かんしょく》してくれた。

さすが。男《おとこ》の子《こ》が四人《よにん》もいると、あっという間《ま》になくなっちゃうな。


——ジャーッ。


キッチンのシンクで洗《あら》い物《もの》をしながら、考《かんが》え事《ごと》をする。

とりあえず、それぞれの部屋《へや》の場所《ばしょ》や家事《かじ》についてはひととおり野口《のぐち》さんに教《おし》えてもらったけど……このあとどうしよう。

部屋《へや》は別々《べつべつ》とはいえ、今日《きょう》から私《わたし》、この家《いえ》で暮《く》らすってことだもんね。

ちなみに野口《のぐち》さんは、もう自宅《じたく》に帰《かえ》ったんだ。

つまり今《いま》この家《いえ》の中《なか》にいるのは、男子四人《だんしよにん》と私《わたし》だけ。

そう思《おも》うと、やっぱりドキドキしてきちゃうなぁ……。

「なぁ」

そんな時《とき》、うしろから誰《だれ》かに声《こえ》をかけられて。

ハッとして振《ふ》り返《かえ》ると、そこにはサラダボウルを持《も》った蓮《れん》くんが立《た》っていてドキッとした。

「洗《あら》い物《もの》、これも頼《たの》む」

「あ、うんっ。適当《てきとう》に重《かさ》ねて置《お》いていいよ」

どぎまぎしながら答《こた》えたら、蓮《れん》くんはシンクの中《なか》にサラダボウルを置《お》いてくれる。

だけどその瞬間《しゅんかん》、蓮《れん》くんの手《て》が泡《あわ》だらけの私《わたし》の手《て》にピタッと当《あ》たって。

ビクッとしたのもつかの間《ま》、蓮《れん》くんはあわてたようにパッと手《て》を離《はな》した。

「あ、わりぃ」

ど、どうしようっ。私《わたし》がビクビクしてるの、蓮《れん》くんに伝《つた》わっちゃったかな？

普通《ふつう》にしなきゃって思《おも》うのに、どうしても緊張《きんちょう》しちゃうよ。

そしたら蓮《れん》くんは、なにか考《かんが》えるように黙《だま》ったあと。

「てか、俺《おれ》も手伝《てつだ》おうか？」

意外《いがい》なことを聞《き》いてきたので、ちょっとびっくりした。

「えっと、だ、大丈夫《だいじょうぶ》っ。あとちょっとで終《お》わるから。ありがとう」

「そっか。ならいいけど……」

すると蓮《れん》くんは、挙動不審《きょどうふしん》な私《わたし》を見《み》てボソッと。

「料理《りょうり》、うまかったよ。ごちそうさま」

それだけ言《い》うと、背《せ》を向《む》けてキッチンを去《さ》っていった。

あ、あれ……？

蓮《れん》くんってなんか、思《おも》ってたほど怖《こわ》くない？

というか、じつはいい人《ひと》なんじゃ……。

もしかして私《わたし》、ウワサを聞《き》いて勝手《かって》に誤解《ごかい》してただけなのかな。

だとしたら、申《もう》し訳《わけ》ないかも……。

6 嫌《きら》われちゃった？

「……ふぅ」

お風呂《ふろ》あがり、リビングのソファに腰《こし》を下《お》ろした瞬間《しゅんかん》、思《おも》わずため息《いき》が出《で》る。

なんとか一日目《いちにちめ》が終《お》わったけど、慣《な》れないことばかりでやっぱり疲《つか》れたなぁ。

ふとスマホを確認《かくにん》したら、お母《かあ》さんからメッセージが来《き》ていて。

【シェアハウスはどうですか？　よかったら写真《しゃしん》送《おく》ってね】

それを見《み》た私《わたし》は、さっそく写真《しゃしん》を撮《と》って送《おく》ることにした。

――カシャッ。カシャッ。

ソファから立《た》ち上《あ》がり、リビングの写真《しゃしん》を何枚《なんまい》か撮《と》る。

うーん。なんかいまいちうまく撮《と》れないな……。

やっぱりこっちの向《む》きから撮《と》ったほうがいい？

なんて思《おも》いながら場所《ばしょ》を移動《いどう》する。

そして、今度《こんど》はリビングのドアのほうにスマホを向《む》けた時《とき》。

——カシャッ。

ちょうど誰《だれ》かが入《はい》ってきたので、タイミング悪《わる》く写真《しゃしん》に写《うつ》り込《こ》んでしまった。

しかも、誰《だれ》かと思《おも》えばそれが紫月《しづき》くんで。

「あっ……」

わわっ、どうしようっ。紫月《しづき》くんのこと撮《と》っちゃった！

盗撮《とうさつ》みたいに思《おも》われた!?

「おい、なに撮《と》ってんだよっ」

とっさに眉《まゆ》をひそめ、私《わたし》をにらみつけてくる紫月《しづき》くん。

「ちち、違《ちが》うの！　今《いま》のはお母《かあ》さんに送《おく》るためにリビングの写真《しゃしん》を撮《と》ってただけっ。紫月《しづき》くんが写《うつ》った写真《しゃしん》はすぐに消《け》すから！」

急《いそ》いで写真《しゃしん》のフォルダを開《ひら》いて、今撮《いまと》った写真《しゃしん》を削除《さくじょ》する。

「ほら、ね？」

紫月《しづき》くんにも確認《かくにん》のために見《み》せたら、彼《かれ》はまだ疑《うたが》うような顔《かお》をしながらも、はーっとため息《いき》をついた。

「まさかお前《まえ》、俺《おれ》らの写真勝手《しゃしんかって》に撮《と》ってSNS《エスエヌエス》にあげたりとかしないよな？」

「し、しないよ！　私《わたし》、SNS《エスエヌエス》は見《み》る専門《せんもん》だしっ」

すると紫月《しづき》くんは、そのまま私《わたし》の目《め》の前《まえ》まで歩《ある》いてきたかと思《おも》うと、怖《こわ》い顔《かお》でじっとのぞき込《こ》んできて。

「ここで俺《おれ》たちと一緒《いっしょ》に住《す》んでること、誰《だれ》にも言《い》うなよ。絶対《ぜったい》に迷惑《めいわく》かけるな」

それだけ言《い》うとスタスタとキッチンへ歩《ある》いていったので、私《わたし》は気《き》まずい気持《きも》ちのままリビングをあとにした。

「……はぁ」

ダメだ。また嫌《きら》われるようなことしちゃったかも。

やっぱり私《わたし》、紫月《しづき》くんと打《う》ち解《と》けるのは無理《むり》なのかなぁ……。

しょぼんとした気持《きも》ちのまま、階段《かいだん》をあがる。

そしたら二階《にかい》に着《つ》いたとたん、誰《だれ》かに声《こえ》をかけられた。

「どうしたの？　元気《げんき》ないね」

「えっ？」

ハッとして顔《かお》をあげると、そこには凛寧《りんね》くんの姿《すがた》があって。

ダボッとしたパーカーを着《き》てフードをかぶっている凛寧《りんね》くんは、なんだかいつにもましてかわいらしく見《み》える。

「もしかして、紫月《しづき》の態度《たいど》のこと気《き》にしてる？」

いきなり図星《ずぼし》をつかれたので、びっくりしてしまった。

ウソッ。なんでわかったのかな？

じつは凜寧《りんね》くんって、カンが鋭《するど》いタイプ？

「う……まぁ。もしかして私《わたし》がここに住《す》むの、紫月《しづき》くんにとっては迷惑《めいわく》だったのかなって……」

そしたら凜寧《りんね》くんは、くすっと優《やさ》しい顔《かお》で笑《わら》った。

「大丈夫《だいじょうぶ》だよ。紫月《しづき》は女子《じょし》への警戒心《けいかいしん》が強《つよ》いだけで、琴梨《ことり》ちゃんのことを嫌《きら》ってるとか、そういうのじゃないから」

「ほんと？」

「うん。じつは紫月《しづき》、最初《さいしょ》は学園《がくえん》の寮《りょう》に住《す》んでたんだけど、女子《じょし》のファンの付《つ》きまといや押《お》しかけがすごかったみたいでさ。それでこのシェアハウスに引《ひ》っ越《こ》してきたんだ。モデルとかやってると、なにかと注目《ちゅうもく》されて大変《たいへん》じゃん？」

「えっ！」

そっか。そんな事情《じじょう》が……。

「そのせいで警戒《けいかい》してるだけだから、あんまり気《き》にしないで。紫月《しづき》も一緒《いっしょ》に暮《く》らすうちに、琴梨《ことり》ちゃんがいい子《こ》だってことはわかると思《おも》うし」

「う、うん。ありがとう」

いい人《ひと》だなぁ、凛寧《りんね》くん。

たしかに紫月《しづき》くんの態度《たいど》は冷《つめ》たいけど、みんな突然《とつぜん》やって来《き》た私《わたし》のことを受《う》け入《い》れてくれたんだもん。

それだけでもありがたいと思《おも》わなくちゃね。

そんな時《とき》、凛寧《りんね》くんのパーカーのポケットから、ぽろっとピンク色《いろ》のなにかが落《お》ちて。

「あれ？　なんか落《お》ちたよ」

拾《ひろ》いあげてよく見《み》たら、それはレースが付《つ》いたかわいいリボンのバレッタだった。

これ、凛寧《りんね》くんのものなのかな？　それとも……。

すると次《つぎ》の瞬間《しゅんかん》、凛寧《りんね》くんがあわてたように私《わたし》の手《て》からそれを奪《うば》い取《と》って。

「あぁっ、ありがと！」

急《いそ》いでまたポケットにバレッタをしまう凛寧《りんね》くん。

なんだろう？　まるでまずいものでも見《み》られたみたいな顔《かお》してるけど……。

すると凛寧《りんね》くんは、気《き》まずそうな顔《かお》で私《わたし》をじっと見《み》ると、こう言《い》った。

「あのさ、言《い》い忘《わす》れてたけどひとつだけ。僕《ぼく》の部屋《へや》には絶対入《ぜったいはい》らないって約束《やくそく》してくれる?」

「も、もちろん! 人《ひと》の部屋《へや》に勝手《かって》に入《はい》ったりしないよっ」

「あっ、べつに疑《うたが》ってるとかじゃないよ。念《ねん》のため、ね」

続《つづ》けて凛寧《りんね》くんは笑《わら》ってそう言《い》ったけど、急《きゅう》に動揺《どうよう》しているみたいで気《き》になっちゃう。

だけど、理由《りゆう》は知《し》られたくなさそうに見《み》えたので、あえて聞《き》かないことにした。

7 紫《し》月《づき》くんがピンチ！

翌朝《よくあさ》。一時間目《いちじかんめ》の授業《じゅぎょう》は体育《たいいく》だった。

「紫月《しづき》くん、がんばって〜！」

「絢世《あやせ》くーん！」

体育館中《たいいくかんじゅう》に女《おんな》の子《こ》たちの歓声《かんせい》が響《ひび》き渡《わた》る。

今日《きょう》の種目《しゅもく》は、男女《だんじょ》ともにバスケットボール。

自分《じぶん》のチームの試合中《しあいちゅう》以外《いがい》はヒマなので、女子《じょし》たちはみんな男子《だんし》の試合《しあい》を見学《けんがく》して盛《も》り上《あ》がっていた。

私《わたし》も先《さき》ほど試合《しあい》を終《お》えて特《とく》にやることもないので、ひっそり見学中《けんがくちゅう》。

コートの中《なか》では熱《あつ》い試合《しあい》が繰《く》り広《ひろ》げられていて、思《おも》わず見入《みい》っちゃう。

特《とく》に紫月《しづき》くんと絢世《あやせ》くんのふたりはさっきから大活躍《だいかつやく》していて、女《おんな》の子《こ》たちの熱《あつ》い視線《しせん》と声援《せいえん》を浴《あ》びていた。

絢世《あやせ》くんが素早《すばや》いドリブルでディフェンスをかわし、紫月《しづき》くんにパスを回《まわ》す。

するとボールを受《う》け取《と》った紫月《しづき》くんが、離《はな》れた場所《ばしょ》からスッとリングに投《な》げ入《い》れて。
「「キャーッ!!」」
見事《みごと》なシュートに、また大歓声《だいかんせい》が起《お》こる。

「やばっ。紫月《しづき》くん、カッコよすぎ！」

「あのふたりのコンビプレー、最高《さいこう》だよね！」

だけど、そう騒《さわ》ぎたくなるのもわかるくらいに、バスケをしているふたりは本当《ほんとう》にキラキラしていてカッコよかった。

すごいなぁ。ついこの前《まえ》までは、こんなふうに遠《とお》くから眺《なが》めているだけだったのに。

まさかあのふたりと、一緒《いっしょ》の家《いえ》で暮《く》らすことになっちゃうなんて。

——ピーッ！

そんな時《とき》、ちょうど試合終了《しあいしゅうりょう》の笛《ふえ》が鳴《な》って。

その瞬間《しゅんかん》、女《おんな》の子《こ》たちがいっせいにタオルを持《も》ってコートへ走《はし》っていく。

「絢世《あやせ》くん、タオル使《つか》って〜」

「紫月《しづき》くん、お疲《つか》れ様《さま》！」

とたんに女子《じょし》の群《む》れに取《と》り囲《かこ》まれるふたり。

だけど紫月《しづき》くんは、クールに女子《じょし》たちをあしらうと、ササッとその輪《わ》を抜《ぬ》け出《だ》して。

そのまま体育館《たいいくかん》の隅《すみ》まで行《い》くと、水筒《すいとう》の水《みず》を一口《ひとくち》飲《の》んで座《すわ》り込《こ》んだ。

しかもなにやらしんどそうな表情《ひょうじょう》で、額《ひたい》を押《お》さえている。

どうしたんだろう。

モデルの仕事《しごと》も忙《いそが》しそうだし、疲《つか》れがたまってるのかなぁ？

なんとなく心配《しんぱい》になった私《わたし》は、そのあともずっと紫月《しづき》くんの様子《ようす》が気《き》になってしかたがなかった。


体育《たいいく》の授業《じゅぎょう》が終《お》わると、紫月《しづき》くんはサッと体育館《たいいくかん》からいなくなってしまった。

私《わたし》は片付《かたづ》けを少《すこ》し手伝《てつだ》ったあと、いつものようにひとりで体育館《たいいくかん》を出《で》て更衣室《こういしつ》へ向《む》かう。

「琴梨《ことり》！」

すると突然《とつぜん》、うしろから名前《なまえ》を呼《よ》ばれて。

振《ふ》り向《む》くと、絢世《あやせ》くんが手《て》を振《ふ》りながらこちらへ走《はし》ってくるのが見《み》えた。

「あっ、絢世《あやせ》くん」

絢世《あやせ》くんはジャージのポケットからビーズつきのヘアピンを取《と》り出《だ》すと、私《わたし》に顔《かお》を近《ちか》づけ、小《こ》声《ごえ》で話《はな》しかけてくる。

「このヘアピン、琴梨《ことり》のじゃない？　今朝《けさ》、洗面所《せんめんじょ》に落《お》ちてたんだけど」

見《み》るとたしかにそれは、今朝《けさ》私《わたし》がつけていこうとしてなくしてしまったピンだった。

絢世《あやせ》くんが拾《ひろ》ってくれてたんだ！

「わぁっ、ありがとう！　探《さが》してたの」

「よかった〜。やっぱ琴梨《ことり》のだったんだ」

するとと絢世《あやせ》くん、ピンを手渡《てわた》そうとする手《て》をスッと引《ひ》っ込《こ》めたかと思《おも》えば。

「そうだ琴梨《ことり》。ちょっとじっとしてて」

「えっ？」

そっと片手《かたて》で私《わたし》の頭《あたま》を押《お》さえながら、髪《かみ》につけてくれた。

わわっ！　待《ま》って。絢世《あやせ》くんの手《て》が……！

「はい。できた」

「あ、ありがとうっ」

「かわいいじゃん。似合《にあ》ってる」

ストレートにほめられたら、ますます照《て》れてしまう。

絢世《あやせ》くんは、恥《は》ずかしげもなくこういうことを言《い》えちゃうから、すごいなぁ。

だけど、絢世《あやせ》くんが学校《がっこう》でも変《か》わらずフレンドリーに接《せっ》してくれることが、なんだかうれしかった。

――キーンコーンカーンコーン。

休《やす》み時間《じかん》、いつものように読書《どくしょ》しようとカバンから文庫本《ぶんこぼん》を取《と》り出《だ》す。

そしたら近《ちか》くで女子《じょし》のグループが会話《かいわ》しているのが聞《き》こえてきた。

「ねえ、さっきの見《み》た？　絢世《あやせ》くんが春名《はるな》さんにヘアピンつけてあげてたの」

聞《き》いた瞬間《しゅんかん》、ドキッと心臓《しんぞう》がはねる。

やばいっ。さっきのあれ、あの子《こ》たちに見《み》られてたんだ！

しかも、話《はな》していたのがクラスで一軍《いちぐん》と言《い》われている派手《はで》な女《おんな》の子《こ》たちのグループだったので、なおさらビクビクしてしまった。

「見《み》た見《み》た～。超《ちょう》うらやましいんだけど！」

「しかも絢世《あやせ》くん、春名《はるな》さんのこと呼《よ》び捨《す》てにしてたよね？　いつのまに仲良《なかよ》くなったんだろ」

「今《いま》まで全然絡《ぜんぜんから》んでなかったのにね～」

うぅ、なんか気《き》まずい……。

あとでいろいろ聞《き》かれたりしたら、どうしよう。

あれこれ考《かんが》えていたら手《て》から力《ちから》が抜《ぬ》けて、持《も》っていた文庫本《ぶんこぼん》を床《ゆか》に落《お》としてしまった。

「あっ」

すると、後《うし》ろの席《せき》に座《すわ》っていた佐々木《ささき》さんが、サッと拾《ひろ》ってくれて。

「本《ほん》、落《お》ちたよ」

「あ、ありがとうっ」

お礼《れい》を言《い》って受《う》け取《と》ったら、佐々木《ささき》さんはその本《ほん》のカバーを指《ゆび》さして言《い》った。

「このカバー、かわいいよね。MIDORI《ミドリ》のイラストでしょ？」

「えっ」

ミドリ？

「私《わたし》、このMIDORI《ミドリ》のイラスト超好《ちょうす》きなんだ。人気《にんき》のイラストレーターなんだけど、知《し》らない？」

「ご、ごめん。私《わたし》あんまりイラストとかくわしくなくて……。でも、すごくかわいいね」

「ふふ、でしょ？　SNS《エスエヌエス》とかでイラストたくさんあげてるから、春名《はるな》さんもよかったら見《み》てみてよ！」

「うん」

わぁ、はじめて佐々木《ささき》さんとまともに話《はな》したかも。

気《き》さくで話《はな》しやすい人《ひと》だなぁ。

さっきはヒヤッとしたけれど、佐々木《ささき》さんの笑顔《えがお》を見《み》たら、なんだか救《すく》われた気持《きも》ちになった。


「ただいまー」

放課後《ほうかご》、帰《かえ》ったら家《いえ》には誰《だれ》もいなかった。

みんな、まだ学校《がっこう》かな？

手《て》を洗《あら》ってカバンを部屋《へや》に置《お》いたあと、ベランダの洗濯物《せんたくもの》を取《と》り込《こ》む。

野口《のぐち》さんは腰《こし》の調子《ちょうし》が悪化《あっか》しちゃってしばらく来《こ》られないみたいだし、そのぶん私《わたし》が家事《かじ》をがんばらなくちゃ。

そのあと、リビングのソファに座《すわ》って洗濯物《せんたくもの》をたたむことにしたけれど、どれが誰《だれ》の服《ふく》なのか全然《ぜんぜん》わからなくて、仕分《しわ》けに困《こま》ってしまった。

うーん。似《に》たようなT《ティー》シャツがいっぱいあるし、サイズもほとんど一緒《いっしょ》だし……。

とりあえずたたんでおいて、あとで自分《じぶん》でしまってもらおう。

それにしても、今日《きょう》はヒヤッとしたなぁ。

結局《けっきょく》あのあと女子《じょし》たちからは、絢世《あやせ》くんとのことを聞《き》かれたりはしなかったけど。

やっぱり学校《がっこう》ではなるべく、このシェアハウスのメンバーとは話《はな》さないようにしたほうがいいのかも。

そんな時《とき》、ふと洗濯《せんたく》カゴの中《なか》からレースがたくさんついたかわいいブラウスが出《で》てきた。

なにこれ。女物《おんなもの》みたいだけど、私《わたし》のじゃない。

ということは、ほかの誰《だれ》かの？

ふと、この前《まえ》かわいいリボンのバレッタを持《も》っていた凛寧《りんね》くんの姿《すがた》を思《おも》い出《だ》す。

もしかしてだけど……凛寧《りんね》くんは、じつは女《おんな》の子《こ》⁉

って、そんなわけないか。

もしくは女装《じょそう》とかコスプレ的《てき》な趣味《しゅみ》があるとか、かな。

あれこれ考《かんが》えていたら、ガチャッと玄関《げんかん》のドアが開《ひら》く音《おと》がして。

続《つづ》けて足音《あしおと》が聞《き》こえたと思《おも》ったら、紫月《しづき》くんがひとりでリビングに入《はい》ってきた。

「あ、紫月《しづき》くんおかえりっ」

私《わたし》が声《こえ》をかけたら、一瞬《いっしゅん》だけ目《め》を合《あ》わせてすぐにそらす紫月《しづき》くん。

「……ただいま」

ボソッと返《かえ》してはくれたけど、いつにも増《ま》してテンションが低《ひく》い。

そういえば、体育《たいいく》の時《とき》やけに疲《つか》れた顔《かお》をしてたけど、大丈夫《だいじょうぶ》だったのかな？

なんて思《おも》っていたら、紫月《しづき》くんはそのまま私《わたし》の前《まえ》まで歩《ある》いてきて。

「それ、洗濯物《せんたくもの》？」

「あ、うん。野口《のぐち》さんがいないから、今日《きょう》は私《わたし》が……」

「いいよ。自分《じぶん》のぶんは自分《じぶん》でたたむから」

あ、どうしよう。

もしかしてこれも迷惑《めいわく》だった？

だけど紫月《しづき》くんは、なぜかそのままぼーっとした目《め》で私《わたし》を見《み》つめてきたかと思《おも》うと。

「……ん？　紫月《しづき》くん？」

突然《とつぜん》フラッと体《からだ》を前《まえ》にかたむけ、私《わたし》に抱《だ》きつくように寄《よ》りかかってきた。

「ひゃっ！」

思《おも》わずドキッとはねる心臓《しんぞう》。

ちょ、ちょっと待《ま》って……！

紫月《しづき》くん、急《きゅう》にどうしちゃったのかな!?

「し、紫月《しづき》くんっ。あのっ……！」

戸惑《とまど》いながらも声《こえ》をかけたら、耳元《みみもと》で紫月《しづき》くんの息遣《いきづか》いが聞《き》こえてきて。

あれ？　なんかやけに呼吸《こきゅう》が荒《あら》いような……。

あわてて彼《かれ》の額《ひたい》に手《て》を当《あ》てると、びっくりするほど熱《あつ》くなっていておどろいた。

「大変《たいへん》っ！　すごい熱《ねつ》！」

8 縮《ちぢ》まる距離《きょり》

そのあと、私《わたし》はフラフラしている紫月《しづき》くんを二人三脚《ににんさんきゃく》みたいに肩《かた》に寄《よ》りかからせながら、彼《かれ》の部屋《へや》まで連《つ》れていった。

ベッドに横《よこ》たわる紫月《しづき》くんの額《ひたい》に、そっと冷却《れいきゃく》シートを貼《は》ってあげる。

そしたら紫月《しづき》くんは苦《くる》しそうに眉《まゆ》をひそめると、目《め》を開《ひら》いた。

「ん……」

「大丈夫《だいじょうぶ》？」

「あれ、なんで俺《おれ》ここに……」

「紫月《しづき》くん、さっき倒《たお》れちゃったんだよ。熱《ねつ》があるみたいだから、しばらく横《よこ》になってて」

私《わたし》が声《こえ》をかけると、困《こま》った顔《かお》で額《ひたい》を押《お》さえる紫月《しづき》くん。

「マジかよ。どうりで頭痛《あたまいた》いと……ってまさか、お前《まえ》がここまで運《はこ》んできたの？」

「いや、運《はこ》んできたっていうか、紫月《しづき》くんの腕《うで》を担《かつ》いで一緒《いっしょ》に歩《ある》いてきたの」

「なっ……」

そっか。あの時《とき》の紫月《しづき》くん、意識《いしき》がもうろうとしてたから覚《おぼ》えてないんだね。

「私《わたし》、風邪薬《かぜぐすり》持《も》ってくるね。あ、でもその前《まえ》になにか食《た》べたほうがいいかな？　おかゆなら食《た》べられる？」

そう言《い》って立《た》ち上《あ》がったら、紫月《しづき》くんは遠慮《えんりょ》するように。

「いいって。べつに腹減《はらへ》ってないし」

だけどその瞬間《しゅんかん》、どこからかグ～ッとお腹《なか》が鳴《な》るような音《おと》が聞《き》こえてきた。

あ、あれっ？　今《いま》のは……。

ハッとしたようにお腹《なか》を押《お》さえる紫月《しづき》くん。

その顔《かお》は真《ま》っ赤《か》になっていて、なんだかすごく恥《は》ずかしそう。

ってことは、ほんとはお腹《なか》がすいてるってことだよね？

「ふふ。じゃあ作《つく》ってくるね」

私《わたし》は笑顔《えがお》でそう告《つ》げると、部屋《へや》を出《で》て一階《いっかい》のキッチンへと向《む》かった。

「ごちそうさま。うまかった」

おかゆを食《た》べ終《お》えた紫月《しづき》くんが、両手《りょうて》を合《あ》わせる。

そして水《みず》のペットボトルを開《あ》けると、風邪薬《かぜぐすり》を口《くち》に入《い》れて、一緒《いっしょ》に飲《の》み込《こ》んだ。

「よかった。食《た》べられたみたいで」

私《わたし》がそう言《い》うと、紫月《しづき》くんは少《すこ》し気《き》まずそうな顔《かお》でこちらを見《み》て。

「……ごめん」

「えっ？」

なぜか突然謝《とつぜんあやま》ってきたので、びっくりしてしまった。

「迷惑《めいわく》かけるなとか言《い》っといて、俺《おれ》のほうが結局迷惑《けっきょくめいわく》かけてるな」

「そ、そんなことないよっ。私《わたし》がほっとけなかっただけだから、気《き》にしないで」

あわてて否定《ひてい》する私《わたし》。

まさか紫月《しづき》くんが、そんなふうに申《もう》し訳《わけ》なく思《おも》ってたなんて。

その時《とき》、ふと紫月《しづき》くんのスマホの着信音《ちゃくしんおん》が鳴《な》って。

「あっ」

気《き》づいた紫月《しづき》くんは、すぐさま手《て》に取《と》ると電話《でんわ》に出《で》た。

「……はい。九時《くじ》にスタジオですよね、了解《りょうかい》です。はい……」

なんだろう。お仕事《しごと》の電話《でんわ》かな？

大変《たいへん》だなぁ、こんな時《とき》にまで。

手持《ても》ち無沙汰《ぶさた》なので、なんとなく部屋《へや》をぐるっと見回《みまわ》してみる。

それにしても、物《もの》が少《すく》なくて片付《かたづ》いてて、とってもキレイだなぁ。

紫月《しづき》くんはキレイ好《ず》きなのかも。

って、よく考《かんが》えたら私今《わたしいま》、紫月《しづき》くんの部屋《へや》にいるんだよね。

看病《かんびょう》のためとはいえ、紫月《しづき》くんとこんなふうに部屋《へや》でふたりきりになる日《ひ》が来《く》るなんて、思《おも》ってもみなかったな。

すると、ちょうど電話《でんわ》を終《お》えた紫月《しづき》くんと目《め》が合《あ》って。

「あ、お仕事《しごと》の電話《でんわ》？」

さりげなくたずねたら、彼《かれ》はコクリとうなずいた。

「うん、マネージャーから。明日撮影入《あしたさつえいはい》ってるから」

「えっ、大丈夫《だいじょうぶ》⁉　まだ無理《むり》しないほうがいいんじゃ……っ」

「大丈夫《だいじょうぶ》だよ。このくらいならちょっと休《やす》めば治《なお》るし。明日《あした》は特《とく》に大事《だいじ》な撮影《さつえい》だから、迷惑《めいわく》かけたくない」

「そ、そっか。でも、がんばりすぎないでね」

責任感《せきにんかん》が強《つよ》いんだな、なんて思《おも》いながら声《こえ》をかけたら、紫月《しづき》くんは下《した》を向《む》いてボソッとつぶやいた。

「……がんばるしかないんだよ」

「えっ？」

どういう意味《いみ》？

「うちは父親《ちちおや》が亡《な》くなってから、母親《ははおや》がずっとひとりで働《はたら》いててさ。でも、二年前《にねんまえ》に妹《いもうと》が病気《びょうき》になって」

そう口《くち》にした瞬間《しゅんかん》、辛《つら》そうな表情《ひょうじょう》になる紫月《しづき》くん。

「今《いま》もずっと入院《にゅういん》してるんだよ。そんな時《とき》、ちょうどモデル事務所《じむしょ》にスカウトされて。俺《おれ》も家族《かぞく》を支《ささ》えるために働《はたら》こうと思《おも》ったんだ」

思《おも》いがけない彼《かれ》の事情《じじょう》に、私《わたし》も胸《むね》がギュッと苦《くる》しくなった。

「そうだったんだ……。えらいね、自分《じぶん》も支《ささ》えようだなんて」

「まぁ、母親《ははおや》が大変《たいへん》そうなの見《み》てたからな。この学校《がっこう》も、特待生《とくたいせい》で入《い》れてもらったから、成績《せいせき》だって下《さ》げるわけにいかないし」

そう語《かた》る彼《かれ》を見《み》ていたら、なんだかまたイメージが変《か》わる。

紫月《しづき》くんってなんでも軽々《かるがる》こなせちゃう完璧《かんぺき》な人《ひと》だと思《おも》ってたけど、じつは苦労《くろう》もしてるし、裏《うら》でたくさん努力《どりょく》もしてるんだ。

なんか、ますます尊敬《そんけい》しちゃうな……。

「じつは私《わたし》もね、子供《こども》のころにお父《とう》さんが病気《びょうき》で死《し》んじゃって。お母《かあ》さんがずっと働《はたら》いてくれてたの。でもこの前《まえ》、突然《とつぜん》リストラにあって……」

思《おも》わず自分《じぶん》のことも打《う》ち明《あ》けてみる。

「学費《がくひ》や家賃《やちん》を払《はら》い続《つづ》けるのが難《むずか》しいから、転校《てんこう》しておばあちゃんの家《いえ》に引《ひ》っ越《こ》すって話《はなし》になったんだけど。事情《じじょう》を知《し》った理事長《りじちょう》がこのシェアハウスに入《い》れてくれて、特待生《とくたいせい》の試験《しけん》も受《う》けさせてくれたんだ」

「えっ。じゃあ、それでいきなり引《ひ》っ越《こ》してきたってこと？　お前《まえ》も特待生《とくたいせい》だったんだ」

「うん。だから同居《どうきょ》を受《う》け入《い》れてくれたみんなには、本当《ほんとう》に感謝《かんしゃ》してるの。紫月《しづき》くんも、ありがとう」

今《いま》さらのようにお礼《れい》を言《い》ったら、紫月《しづき》くんはおどろいたように目《め》を見開《みひら》いた。

「私《わたし》、恩返《おんがえ》しのためにも、みんなの役《やく》に立《た》てるようがんばるからっ。料理《りょうり》とか、洗濯《せんたく》とか、家《いえ》のことはまかせて。紫月《しづき》くんも家《いえ》ではゆっくり休《やす》んでよ」

今《いま》の話《はなし》を聞《き》いたら、ますます紫月《しづき》くんのことを応援《おうえん》したいって思《おも》ったから。

私《わたし》にできることがあったら、少《すこ》しでも助《たす》けになりたいよ。

そしたら紫月《しづき》くんは、意気込《いきご》む私《わたし》の顔《かお》を見《み》て。

「……ぷっ。はり切《き》りすぎだろ」

突然《とつぜん》ふき出《だ》すように笑《わら》ったので、思《おも》わずドキッと心臓《しんぞう》がはねた。

ウソッ。笑《わら》った……？

紫月《しづき》くんの笑《わら》った顔《かお》、はじめて見《み》たかもしれない！

「わかったよ。そんなに言《い》うならよろしく」

紫月《しづき》くんはそう言《い》ってほほ笑《え》むと、再《ふたた》び私《わたし》と目《め》を合《あ》わせる。

その表情《ひょうじょう》が、今《いま》までになく優《やさ》しく見《み》えて。

なんだか少《すこ》し紫月《しづき》くんとの距離《きょり》が縮《ちぢ》まったような気《き》がして、うれしくてたまらなかった。


次《つぎ》の日《ひ》。

早起《はやお》きした私《わたし》は、いつものように朝《あさ》ごはんを作《つく》るためキッチンに立《た》っていた。

目玉焼《めだまや》きを五枚焼《ごまいや》いてお皿《さら》に移《うつ》したら、次《つぎ》はウインナーを焼《や》いていく。

——ジュ〜ッ。

うん、いい匂《にお》い。

みんな朝《あさ》からたくさん食《た》べるから、今日《きょう》は多《おお》めに焼《や》いちゃおう。

「おはよ」

そんな時《とき》、ふと横《よこ》から声《こえ》をかけられて。

ハッとして振《ふ》り向《む》いたら、そこには部屋着姿《へやぎすがた》の紫月《しづき》くんが立《た》っていた。

わぁっ。紫月《しづき》くんから挨拶《あいさつ》してくれるなんて、はじめてかも。

「おはようっ。もう熱《ねつ》は大丈夫《だいじょうぶ》？」

ひとまず体調《たいちょう》のことをたずねたら、紫月《しづき》くんはコクリとうなずいた。

「あぁ。もう全然平気《ぜんぜんへいき》。寝《ね》たら下《さ》がったし」

「そっか。よかったぁ」

「あのさ、春名《はるな》……」

すると紫月《しづき》くんは、ちょっと照《て》れくさそうな顔《かお》で私《わたし》を見《み》つめてきたかと思《おも》うと。

「昨日《きのう》はありがとな。いろいろと」

突然《とつぜん》お礼《れい》を言《い》われたので、びっくりしてしまった。

なんか今日《きょう》の紫月《しづき》くん、いつになく優《やさ》しい？

それに今《いま》、はじめて「春名《はるな》」って呼《よ》んでくれたような……。

「ど、どういたしましてっ」

照《て》れながら返事《へんじ》をしたら、紫月《しづき》くんは突然《とつぜん》ハッとした顔《かお》でフライパンを指《ゆび》さして。

「って、おい。ウインナー焦《こ》げそうになってるけど」

「えっ、ウソッ！」

あわててコンロの火《ひ》を消《け》す私《わたし》。

あ、危《あぶ》なかった〜。よそ見《み》してたから、危《あや》うく焦《こ》がすところだったよ。

そしたらそんな私《わたし》を見《み》て、紫月《しづき》くんがあきれたようにくすっと笑《わら》う。

「前《まえ》から思《おも》ってたけど、春名《はるな》ってけっこうドジだよな」

「うっ……」

ドジって言《い》われちゃった。

でも不思議《ふしぎ》。そんなことより紫月《しづき》くんが笑《わら》ってくれることが、うれしいなんて思《おも》っちゃう。

やっぱり少《すこ》しは打《う》ち解《と》けられたと思《おも》ってもいいのかな？

なんて思《おも》ってたら、横《よこ》から声《こえ》がして。

「あれ〜？　朝《あさ》からふたりで仲良《なかよ》く料理《りょうり》？　めずらしいね」

振《ふ》り向《む》くと、ニヤニヤ楽《たの》しそうに笑《わら》う凛寧《りんね》くんの姿《すがた》があった。

「はっ？　そんなんじゃねーし！」

そのうしろには絢世《あやせ》くん、蓮《れん》くんも立《た》っている。

みんな、いつのまにか起《お》きてきたんだ！

「ほんとだ。紫月《しづき》お前《まえ》、急《きゅう》に琴梨《ことり》に優《やさ》しいじゃん。どうしたの？」

絢世《あやせ》くんが冷《ひ》やかすように言《い》うと、あせった顔《かお》で否定《ひてい》する紫月《しづき》くん。

「べ、べつに優《やさ》しくねーよっ。普通《ふつう》だろ」

そして、サッと私《わたし》から離《はな》れると。

「俺《おれ》、着替《きが》えてくるから。じゃあな」

そう言《い》って、スタスタとキッチンから去《さ》っていってしまった。

そんな紫月《しづき》くんを見《み》て、蓮《れん》くんと凛寧《りんね》くんがつぶやく。

「あいつ、照《て》れてるな」

「照《て》れてるねー、あれは」

そんなふうに言《い》われると、私《わたし》まで照《て》れくさくなっちゃう。

照《て》れてるって、ほんとかな?

だけど、みんなからも紫月《しづき》くんが優《やさ》しく見《み》えるんだと思《おも》ったら、やっぱりちょっとうれしかった。

9 不覚《ふかく》【紫月《しづき》side《サイド》】

「ただいま」

無事撮影《ぶじさつえい》を終《お》えて帰宅《きたく》したら、リビングのソファに春名《はるな》がひとりで座《すわ》っていた。

「紫月《しづき》くん、おかえり！」

俺《おれ》の姿《すがた》を見《み》つけるなり、立《た》ち上《あ》がって駆《か》け寄《よ》ってくる彼女《かのじょ》。

「お仕事《しごと》お疲《つか》れ様《さま》。風邪《かぜ》、ぶり返《かえ》したりしてない？　大丈夫《だいじょうぶ》？」

「あぁ。もう普通《ふつう》に元気《げんき》」

俺《おれ》が答《こた》えると、春名《はるな》はホッとしたようにほほ笑《え》んだ。

そして、ふと思《おも》いついたように。

「あ、そうだっ。なにか飲《の》む？」

「えっ、いいよべつに。休《やす》んでろよ」

「大丈夫《だいじょうぶ》。ちょうど野口《のぐち》さんからもらったココアがあるから、作《つく》るねっ」

そう言《い》うと、そそくさとキッチンへと駆《か》け込《こ》んでいく。

気《き》を使《つか》わなくてもいいのにとは思《おも》ったが、内心悪《ないしんわる》い気《き》はしなかった。

春名《はるな》はけっこう世話焼《せわや》きなタイプだと思《おも》う。

もちろん、野口《のぐち》さんの手伝《てつだ》いという形《かたち》でここに来《き》たというのもあるんだろうけど、人《ひと》のことをほうっておけないおせっかいなところがある。

昨日《きのう》も俺《おれ》が熱《ねつ》を出《だ》して倒《たお》れたら、かいがいしく世話《せわ》をしてくれたし。

最初《さいしょ》は女子《じょし》と住《す》むなんて絶対反対《ぜったいはんたい》だった俺《おれ》だけど、そんな春名《はるな》を見《み》ていたら、だんだんと考《かんが》えが変《か》わってきた。

それに昨日春名《きのうはるな》の事情《じじょう》を知《し》って、また彼女《かのじょ》のイメージが変《か》わったんだ。

春名《はるな》も俺《おれ》と同《おな》じく父親《ちちおや》を亡《な》くしていて、いろいろ苦労《くろう》している。

でもそれを顔《かお》には出《だ》さないで、前向《まえむ》きにがんばっているんだなって。

そう思《おも》ったら、なんだか俺《おれ》も彼女《かのじょ》のことをほうっておけない気持《きも》ちになった。

――ガシャン!

そんな時《とき》、ふとキッチンからなにかが割《わ》れるような音《おと》がして。

「きゃっ!」

同時《どうじ》に春名《はるな》の叫《さけ》び声《ごえ》が聞《き》こえたので、あわてて駆《か》けつける。

「どうしたっ。大丈夫《だいじょうぶ》か⁉」

見《み》るとそこには、床《ゆか》に落《お》ちて割《わ》れたマグカップと、それを見《み》てオロオロする春名《はるな》の姿《すがた》があった。

「ご、ごめんねっ。すぐに片付《かたづ》けるから！」

春名《はるな》はそう言《い》ってあせったようにしゃがむと、カップの破片《はへん》を手《て》で拾《ひろ》い集《あつ》めようとする。

「バカ、さわるなっ」

「痛《いた》っ……」

あわてて俺《おれ》は止《と》めようとしたけれど、間《ま》に合《あ》わず。

春名《はるな》は小《ちい》さく声《こえ》をあげると、すぐにもう片方《かたほう》の手《て》で自分《じぶん》の指《ゆび》を押《お》さえた。

「あーもう、なにやってんだよ」

手元《てもと》をのぞき込《こ》むと、彼女《かのじょ》の人差《ひとさ》し指《ゆび》の先《さき》が切《き》れて、血《ち》がにじんでいるのが見《み》えて。

「大丈夫《だいじょうぶ》。たいしたことないからっ」

平気《へいき》なフリして笑《わら》う春名《はるな》の手首《てくび》を、ギュッとつかむ。

「来《こ》いよ。手当《てあ》てするから」

そのまま俺《おれ》は彼女《かのじょ》を引《ひ》き寄《よ》せると、リビングへと連《つ》れていった。

春名《はるな》をソファに座《すわ》らせ、指先《ゆびさき》を消毒《しょうどく》し、絆創膏《ばんそうこう》を巻《ま》きつける。

「はい。一応防水《いちおうぼうすい》のやつ巻《ま》いといたから」

「ありがとう、紫月《しづき》くん」

春名《はるな》はそう言《い》うと、申《もう》し訳《わけ》なさそうな顔《かお》でこちらを見《み》た。

「ごめんね、マグカップ割《わ》っちゃって。ちゃんと弁償《べんしょう》するから」

「いや、大丈夫《だいじょうぶ》だって。野口《のぐち》さんだって何度《なんど》もコップ割《わ》ったことあるし。気《き》にしなくていいよ」

「でもっ……」

「キッチンも俺《おれ》が片付《かたづ》けとくから、春名《はるな》は今日《きょう》は家事休《かじやす》んでろよ」

気《き》を使《つか》ってそう伝《つた》えると、ぶんぶんと首《くび》を振《ふ》る春名《はるな》。

「そ、そんな、悪《わる》いよっ。それに紫月《しづき》くんがケガしたら大変《たいへん》だよ。モデルなんだし」

またそうやって、人《ひと》のことばっかり心配《しんぱい》して。

自分《じぶん》のケガの心配《しんぱい》しろよな。

「大丈夫《だいじょうぶ》だよ、ケガなんかしねーし。昨日看病《きのうかんびょう》してもらったお礼《れい》ってことでいいだろ」

俺《おれ》がそう言《い》うと、おどろいたように目《め》を見開《みひら》く春名《はるな》。

だけどすぐ、はにかんだようにほほ笑《え》むと。

「……ありがとう。紫月《しづき》くんって、優《やさ》しいね」

はじめて見《み》るその表情《ひょうじょう》に、思《おも》わずドキッと心臓《しんぞう》がはねた。

なんだよ、その顔《かお》――。

てか、優《やさ》しいとか女子《じょし》にはじめて言《い》われたし。

不覚《ふかく》にもかわいいなんて思《おも》ってしまった自分《じぶん》がそこにいて、なんだか調子《ちょうし》が狂《くる》いそうだった。

10 蓮《れん》くんの素顔《すがお》

「ごちそうさまでした」

空《から》っぽになったお弁当箱《べんとうばこ》を前《まえ》に、両手《りょうて》を合《あ》わせる。

今日《きょう》もお昼休《ひるやす》みは、中庭《なかにわ》の大《おお》きな木《き》の下《した》でひとりごはん。

あいかわらず学校《がっこう》ではぼっち気味《ぎみ》な私《わたし》だけど、シェアハウスの生活《せいかつ》にはだいぶ慣《な》れてきたんだ。

あの看病《かんびょう》の件以来《けんいらい》、紫月《しづき》くんとも普通《ふつう》に話《はな》せるようになったし。

蓮《れん》くんも最初《さいしょ》は怖《こわ》いイメージがあったけど、実際話《じっさいはな》してみたらそうじゃないってわかったし。

私《わたし》の作《つく》ったごはんもみんなおいしそうに食《た》べてくれるから、最近家《さいきんいえ》に帰《かえ》るのがちょっと楽《たの》しみなの。

お弁当箱《べんとうばこ》のふたを閉《と》じて、巾着袋《きんちゃくぶくろ》にしまう。

「ミャー」

そんな時《とき》、ふと頭上《ずじょう》から猫《ねこ》の鳴《な》き声《ごえ》が聞《き》こえてきて。

あれ？　この声《こえ》は……木《き》の上《うえ》から？

思《おも》わず立《た》ち上《あ》がって木《き》を見上《みあ》げてみたら、上《うえ》のほうの太《ふと》い枝《えだ》に一匹《いっぴき》の白《しろ》い猫《ねこ》がいるのを発見《はっけん》した。

ほ、ほんとに猫《ねこ》だ！　もしかして、降《お》りられないのかな？

だとしたら、助《たす》けてあげたほうがいいよね？

とはいえ、高《たか》いところはちょっと苦手《にがて》なんだけど……。

「ミャー。ミャー」

再《ふたた》び猫《ねこ》が呼《よ》びかけるように鳴《な》きはじめる。

なんだかまるで、「助《たす》けて」って言《い》われているみたい。

ほうっておけなくなった私《わたし》は、お弁当箱《べんとうばこ》を芝生《しばふ》の上《うえ》に置《お》いて、思《おも》い切《き》って木《き》の幹《みき》に両手《りょうて》をかけた。

そのまま足《あし》を引《ひ》っかけて、慎重《しんちょう》に上《うえ》へと登《のぼ》っていく。

ゆっくり枝《えだ》を伝《つた》いながら、猫《ねこ》のもとへ。

そして、ようやく触《ふ》れられそうな距離《きょり》まで来《き》たところで。

「ほら、もう大丈夫《だいじょうぶ》だよ」

手《て》を伸《の》ばしながら猫《ねこ》に声《こえ》をかけた瞬間《しゅんかん》、猫《ねこ》はぴょんと木《き》の下《した》へと自力《じりき》で飛《と》び降《お》りてしまった。

ええっ!?　ウソでしょっ。

じゃあべつに、降《お》りられなくなったわけじゃなかったの!?

ふと下《した》を見下《みお》ろすと、地面《じめん》がだいぶ遠《とお》く感《かん》じてゾワッとする。

ど、どうしようっ。むしろ、私《わたし》が降《お》りられなくなっちゃったよ～！

高《たか》いところ苦手《にがて》なのに……。

「あれ、春名《はるな》?」

そんな時《とき》、ふと誰《だれ》かに名前《なまえ》を呼《よ》ばれて。

ハッとして下《した》に目《め》をやったら、ポケットに手《て》を突《つ》っ込《こ》んでこちらを見上《みあ》げる蓮《れん》くんの姿《すがた》があった。

「れ、蓮《れん》くんっ」

「なにしてんの?　そんなとこで」

不審《ふしん》そうな顔《かお》でたずねてくる蓮《れん》くん。

うぅ、まさか蓮《れん》くんにこんなところを見《み》られるなんて……。

恥《は》ずかしいし、だいぶ気《き》まずい。

絶対変《ぜったいへん》なやつだと思《おも》われたよね?

「え、えーっとこれは、木《き》の上《うえ》にいた猫《ねこ》を助《たす》けようとしたら、降《お》りられなくなっちゃって……」

正直《しょうじき》に打《う》ち明《あ》けたら、蓮《れん》くんは一瞬《いっしゅん》目《め》を見開《みひら》いたあと、なぜかバッと両手《りょうて》を広《ひろ》げてみせた。

「来《こ》いよ」

「えっ？」

ま、待《ま》って。それはどういう……。

「そのまま飛《と》び降《お》りろ。俺《おれ》が受《う》け止《と》めてやるから」

思《おも》いもよらない彼《かれ》の発言《はつげん》に、ぎょっとして戸惑《とまど》う私《わたし》。

「で、でもっ……」

「大丈夫《だいじょうぶ》。俺《おれ》を信《しん》じろって」

そう告《つ》げる蓮《れん》くんの表情《ひょうじょう》は、とても落《お》ち着《つ》いている。

どうしよう。

かといって自分《じぶん》では降《お》りられそうにないし、ここは言《い》われたとおりにするべき？

「わ、わかった。……きゃあぁっ！」

そこで思《おも》い切《き》って蓮《れん》くんめがけて飛《と》び降《お》りたら、蓮《れん》くんは前《まえ》のめりになった私《わたし》の体《からだ》をしっかりと抱《だ》きとめてくれた。

「ほら、大丈夫《だいじょうぶ》だったろ？」

見上《みあ》げると、ほほ笑《え》む蓮《れん》くんと目《め》が合《あ》ってドキッとする。

「あ、ありがとう。蓮《れん》くん」

って、よく考《かんが》えたら私《わたし》、蓮《れん》くんに抱《だ》きついているみたいな体勢《たいせい》だよね？

離《はな》れなきゃっ。

「ミャー」

そしたらいつのまにかさっきの猫《ねこ》がまたやってきて、蓮《れん》くんの足《あし》にすり寄《よ》っているのが見《み》えた。

「こいつ、マロっていうんだ。まぁ、俺《おれ》が勝手《かって》につけたんだけど」

蓮《れん》くんは器《うつわ》にミルクを注《そそ》ぐと、私《わたし》の隣《となり》に腰《こし》かける。

そしたらマロと呼《よ》ばれたその猫《ねこ》は、器《うつわ》に入《はい》ったミルクをペロペロと舐《な》めはじめた。

「ふふ、かわいい。蓮《れん》くんがお世話《せわ》してる猫《ねこ》だったんだね」

「世話《せわ》してるっつーか、よくここに来《く》るから、一緒《いっしょ》に遊《あそ》んでるって感《かん》じ」

そう語《かた》る蓮《れん》くんは、今《いま》まで見《み》たことがないくらいにやわらかい表情《ひょうじょう》をしてる。

きっと、マロのことをすごくかわいがってるんだろうなぁ。

すると蓮《れん》くんは、ふとシャツの袖《そで》をめくり上《あ》げて。

「でもマロのやつ、俺《おれ》のことよく引《ひ》っかいてくんだよ。ほら、腕《うで》とか傷《きず》だらけだろ」

なんて言《い》いながら自分《じぶん》の腕《うで》を見《み》せてきたのでよく見《み》たら、たしかにひっかかれたような傷《きず》がいくつもできていた。

そういえば、蓮《れん》くんの頬《ほお》にも……。

「えっとじゃあ、その顔《かお》の傷《きず》も？」

思《おも》わずたずねてみる。

「そうだよ。なんだと思《おも》った？」

「い、いやっ。べつに……っ」

ダメだ。ケンカの傷《きず》だと思《おも》ったなんて、そんなこと言《い》えるわけがない。

でも、結局《けっきょく》この傷《きず》もマロのせいだってことは、蓮《れん》くんはじつはケンカなんてしないのかも。

トラブルを起《お》こして寮《りょう》を追《お》い出《だ》されたっていうのも、ただのウワサなのかなぁ？

「マロのこと、助《たす》けようとしてくれたんだろ？　ありがとな」

蓮《れん》くんがマロの背中《せなか》をなでながら、お礼《れい》を言《い》ってくる。

その表情《ひょうじょう》は、とてもおだやかで優《やさ》しくて。

「ううんっ。こちらこそ、蓮《れん》くんのおかげで助《たす》かったよ。ありがとう」

やっぱり蓮《れん》くんは、怖《こわ》い人《ひと》なんかじゃない。絶対《ぜったい》に優《やさ》しい人《ひと》だよ。

あらためてそう確信《かくしん》した自分《じぶん》がいた。

その日《ひ》の放課後《ほうかご》。

帰《かえ》ってすぐに洗濯《せんたく》ものを片付《かたづ》けた私《わたし》は、ソファに座《すわ》ってスマホを見《み》ながら悩《なや》んでいた。

今日《きょう》の夕飯《ゆうはん》のメニュー、どうしよう。

食材《しょくざい》は基本《きほん》、野口《のぐち》さんが買《か》ってきてくれるんだけど、ひき肉《にく》が残《のこ》ってるからロールキャベツにしようかなぁ。

それか、すぐに作《つく》れるキーマカレーでもいいかも？

そんな時《とき》、ドタバタ階段《かいだん》を下《お》りる音《おと》がしたと思《おも》ったら、絢世《あやせ》くんがリビングへと入《はい》ってきて。

「琴梨《ことり》、帰《かえ》ってたんだね。おかえり」

「あ、うん。ただいま」

そのままキッチンへと向《む》かった絢世《あやせ》くんは、冷蔵庫《れいぞうこ》から水《みず》のペットボトルを一本《いっぽん》取《と》るとこちらへ戻《もど》ってくる。

「あの、そろそろ夕飯《ゆうはん》を作《つく》ろうと思《おも》ってるんだけど、みんなまだ帰《かえ》ってこないかな？」

私《わたし》がたずねたら、絢世《あやせ》くんは天井《てんじょう》のほうを指《ゆび》さしながら答《こた》えた。

「凛寧《りんね》なら今部屋《いまへや》にいるよ。でも今日《きょう》は遅《おそ》くまでこもるみたいだから、そっとしといたほうがいいかも」

「そ、そうなんだ。勉強《べんきょう》がんばってるのかな？」

「まぁ、そんな感《かん》じ。いろいろ忙《いそが》しいんだってさ」

と意味深《いみしん》な笑《え》みを浮《う》かべる絢世《あやせ》くん。

その言《い》い方《かた》からして、勉強《べんきょう》というわけでもなさそうだけど……。

そういえば私《わたし》、この前凛寧《まえりんね》くんに「部屋《へや》には絶対入《ぜったいはい》らないで」って忠告《ちゅうこく》されたんだよね。

絢世《あやせ》くんはもしかして、その理由《りゆう》を知《し》ってたりするのかな？

「紫月《しづき》は今日《きょう》は撮影《さつえい》で遅《おそ》くなるっぽいし、蓮《れん》も道場行《どうじょうい》ってるから、帰《かえ》りは七時《しちじ》くらいになるかも」

「えっ。道場《どうじょう》？」

「うん。あいつ小学生《しょうがくせい》のころからずっと空手《からて》やってて、世界一《せかいいち》になったこともあるんだよ。すっげー強《つよ》いの」

「せ、世界一《せかいいち》!?　すごいねっ」

ということは、蓮《れん》くんがケンカ最強《さいきょう》って言《い》われてるのは、あながちウソじゃないってこと？

もちろん空手《からて》は格闘技《かくとうぎ》だから、ケンカとは全然違《ぜんぜんちが》うけども……。

すると絢世《あやせ》くんは突然《とつぜん》、サッと私《わたし》の肩《かた》に腕《うで》を回《まわ》してきて。

「だから、今日《きょう》は俺《おれ》と琴梨《ことり》のふたりきりみたいなもんだね」

「えっ！」

わあぁ、ちょっと待《ま》って。

絢世《あやせ》くん、急《きゅう》に近《ちか》いよっ……！

「そうだ。今週《こんしゅう》の土曜《どよう》って空《あ》いてる？」

戸惑《とまど》う私《わたし》の顔《かお》をのぞき込《こ》みながら、たずねてくる絢世《あやせ》くん。

「あ、うん。空《あ》いてるけど……」

そしたら絢世《あやせ》くんはようやく腕《うで》を離《はな》すと、ニコッと笑顔《えがお》でこう言《い》った。

「じゃあさ、ふたりでデートしない？」

「えっ、デート!?」

「うん。というか、ちょっと買《か》い物《もの》に付《つ》き合《あ》ってほしいんだよね」

な、なんだ。買《か》い物《もの》ならべつに……。

「いいよ」

うなずいたら、絢世《あやせ》くんは「やった！」と言《い》ってうれしそうに笑《わら》った。

11 絢世《あやせ》くんとデート!?

「行《い》ってきまーす」

絢世《あやせ》くんがそう言《い》って、玄関《げんかん》のドアを閉《し》める。

今日《きょう》は土曜日《どようび》で学校《がっこう》はお休《やす》み。約束《やくそく》どおり今《いま》から絢世《あやせ》くんと買《か》い物《もの》に行《い》くんだ。

紫月《しづき》くんは朝早《あさはや》くから撮影《さつえい》に出《で》かけたし、蓮《れん》くんは今日《きょう》も道場《どうじょう》、そして凛寧《りんね》くんは夜《よ》ふかしが続《つづ》いていたから、まだ寝《ね》ているみたい。

男《おとこ》の子《こ》とふたりきりで出《で》かけるなんてはじめてだから、なんかそわそわしちゃう。

服装《ふくそう》もなにを着《き》ていこうか迷《まよ》ったけど、久《ひさ》しぶりのお出《で》かけだしと思《おも》って、お気《き》に入《い》りの花柄《はながら》のワンピースを選《えら》んだんだ。

「なんか今日《きょう》の琴梨《ことり》、ますますかわいく見《み》えるね。その格好《かっこう》すげー好《この》みかも」

振《ふ》り向《む》くなり、突然《とつぜん》そんなことを口《くち》にした絢世《あやせ》くん。

そんなっ、お世辞《せじ》でもかわいいなんて言《い》われたら照《て》れちゃうよ。

「あ、ありがとうっ。そういえば、買《か》い物《もの》ってなにを買《か》うの？」

話題《わだい》を変《か》えるようにたずねると、絢世《あやせ》くんは隣《となり》に並《なら》んで歩《ある》きだす。

「あぁ。じつはうちの姉《ねえ》ちゃんに誕生日《たんじょうび》プレゼント買《か》いたくてさ」

「えっ。絢世《あやせ》くん、お姉《ねえ》さんがいるんだ？　同《おな》じ学校《がっこう》？」

「いや、学校《がっこう》は違《ちが》うよ。ひとつ上《うえ》の中三《ちゅうさん》だけど、けっこう仲《なか》いいんだ。だから今日《きょう》は女子《じょし》が喜《よろこ》びそうなプレゼント、一緒《いっしょ》に選《えら》んでもらいたいなって」

それを聞《き》いて、なんだかほっこりした気持《きも》ちになる。

なるほど。買《か》い物《もの》に付《つ》き合《あ》うって、そういうことだったんだ。

お姉《ねえ》さん思《おも》いで素敵《すてき》だなぁ。

そう思《おも》った私《わたし》は、喜《よろこ》んでうなずいてみせた。

「もちろんっ。私《わたし》でよかったら、ぜひ協力《きょうりょく》させて！」


そのまま歩《ある》いて最寄《もよ》り駅《えき》に到着《とうちゃく》した私《わたし》たちは、電車《でんしゃ》に乗《の》って二駅先《ふたえきさき》にあるショッピングモールへと向《む》かった。

館内《かんない》は、休日《きゅうじつ》の買《か》い物客《ものきゃく》や親子連《おやこづ》れでにぎわっていて。

「わー、けっこう混《こ》んでるな」

「ほんとだ。いっぱいお店《みせ》があるから迷《まよ》っちゃうね」

中《なか》には同年代《どうねんだい》っぽい子《こ》たちの姿《すがた》もあったので、同《おな》じ学校《がっこう》の子《こ》に見《み》つかったらどうしようなんて思《おも》ってしまった。

ふたりで買《か》い物《もの》してるところなんて見《み》られたら、この前《まえ》のヘアピンどころの騒《さわ》ぎじゃすまないかも……。

って、それよりお姉《ねえ》さんのプレゼントだよね！

「二階《にかい》に雑貨屋《ざっかや》とかたくさんあるみたいだから、行《い》ってみてもいい？」

「うんっ」

絢世《あやせ》くんに言《い》われて、ふたりでエスカレーターに乗《の》る。

二階《にかい》にはかわいい洋服《ようふく》や雑貨《ざっか》などのお店《みせ》がたくさん入《はい》っていて、見《み》ているだけでワクワクしてしまった。

そんな時《とき》、歩《ある》いていたら「NEW《ニュー》 OPEN《オープン》！」と書《か》かれた看板《かんばん》が目《め》に入《はい》って。

どうやらそこも雑貨屋《ざっかや》さんみたいだったので、寄《よ》ってみることに。

中《なか》に入《はい》るとヘアアクセにポーチや文房具《ぶんぼうぐ》など、いろんな雑貨《ざっか》が並《なら》んでいて、レースやリボンをあしらったそのデザインはどれも本当《ほんとう》にかわいくて、自分《じぶん》もほしくなってしまう。

「わぁ、かわいい……」

目《め》を輝《かがや》かせながらヘアアクセサリーのコーナーを見《み》つめていたら、絢世《あやせ》くんがふとリボンを持《も》って私《わたし》の頭《あたま》にかざしてきた。

「あっ。すげー似《に》合《あ》ってる」

「そ、そうかな?」

「うん。琴梨《ことり》に似《に》合《あ》うやつだったら俺《おれ》、すぐ思《おも》いつくんだけどな〜」

「お姉《ねえ》さんも、ヘアアクセとかあげたら喜《よろこ》ぶんじゃないかな?」

何気《なにげ》なく聞《き》いてみたら、絢世《あやせ》くんは悩《なや》ましげに首《くび》をかたむけて。

「そうだなー。うちの姉《ねえ》ちゃん、ほしいものはなんでも買《か》ってもらえるから、アクセとかもたくさん持《も》ってんだよね。親《おや》がとにかく甘《あま》いからさ」

それを聞《き》いてハッとする。

そういえば、絢世《あやせ》くんはFUJ《フジ》ーグループの御曹司《おんぞうし》なんだった。

ということは当《あ》たり前《まえ》だけど、お姉《ねえ》さんもかなりのお嬢様《じょうさま》ってことだよね?

「そっかぁ。じゃあよけいに悩《なや》んじゃうね」

「だろ? だから俺《おれ》もプレゼントのネタが尽《つ》きてきて。今《いま》まであげたことないようなものをあげたいけど、なかなか思《おも》いつかなくてさ」

「うーん……」

たしかに、そう考《かん》えるとむずかしいなぁ。

なんて思《おも》ってたら、その時《とき》ふと奥《おく》の棚《たな》からキレイなオルゴールの音色《ねいろ》が流《なが》れてきて。

気《き》になって見《み》にいってみたら、そこにはアンティークの宝石箱《ほうせきばこ》みたいなバラ柄《がら》の小物入《こものい》れがひとつ置《お》かれていた。

これは、アクセサリーケース？　しかもオルゴールがついてるんだ。

「どうした？　なにか見《み》つけた？」

絢世《あやせ》くんが横《よこ》からたずねてくる。

「これ、オルゴールつきのアクセサリーケースだって。すごくかわいいよ」

「ほんとだ！　宝石箱《ほうせきばこ》みたいじゃん」

「オルゴールの音《おと》って、なんか癒《い》やされるよね」

私《わたし》がそう言《い》うと、絢世《あやせ》くんもうなずく。

「わかる。俺《おれ》もすげー好《す》き」

そして、さっそくそのアクセサリーケースを手《て》に取《と》ると、近《ちか》くで眺《なが》めるように見《み》つめて言《い》った。

「じゃあプレゼント、これにしよっかな。オルゴールつきとかめずらしいし」

「え、ほんと？」

「うん。ありがとな、琴梨《ことり》。いいの見《み》つけてくれて」

そんなふうに言《い》ってもらえると、すごくうれしい。

ちょっとは私《わたし》、お役《やく》に立《た》てたみたいでよかった。

お姉《ねえ》さんにもぜひ気《き》に入《い》ってもらえるといいんだけどなぁ。


「よかった。無事《ぶじ》プレゼント買《か》えて」

隣《となり》で絢世《あやせ》くんが、ホッとしたようにつぶやく。

「お姉《ねえ》さん、喜《よろこ》ぶといいね」

私《わたし》が笑《わら》って答《こた》えたら、絢世《あやせ》くんはこちらを向《む》くなり、急《きゅう》に真面目《まじめ》な顔《かお》で見《み》つめてきた。

「琴梨《ことり》って、ほんとにいい子《こ》だよなー。優《やさ》しいし」

思《おも》いがけないことを言《い》われて、くすぐったい気持《きも》ちになる。

なんか今日《きょう》の絢世《あやせ》くん、いつも以上《いじょう》にほめてくれるような気《き》がするけど……気《き》のせい？

「そ、そうかな。ありがとう」

「俺《おれ》、琴梨《ことり》と一緒《いっしょ》にいると癒《い》やされるんだよね。だからまだ、帰《かえ》りたくないな……なーんて」

「えっ？」

「てなわけで、もうちょい付《つ》き合《あ》ってくれない？」

絢世《あやせ》くんはそう言《い》ってイタズラっぽく笑《わら》うと、ギュッと手《て》をつないでくる。

「あ……う、うん」

ドキッとしつつもうなずいたら、絢世《あやせ》くんはそのまま私《わたし》の手《て》を引《ひ》いて歩《ある》きだした。

次《つぎ》に向《む》かったのは、モール内《ない》の大《おお》きな本屋《ほんや》さん。

たくさん本《ほん》が並《なら》ぶ棚《たな》を眺《なが》めながら、ふたりで奥《おく》へと進《すす》む。

「そういえば琴梨《ことり》って、よく学校《がっこう》で本読《ほんよ》んでるよね」

「うん。私《わたし》、小説《しょうせつ》が好《す》きなんだ」

「へー、いいね。俺《おれ》もマンガばっかり読《よ》んでないで、たまには小説《しょうせつ》でも読《よ》もうかな〜」

そんな時《とき》、目《め》の前《まえ》の文庫本《ぶんこぼん》コーナーに、この前読《まえよ》んだ本《ほん》を発見《はっけん》して。

「あっ」

よく見《み》ると、そこには同《おな》じイラストレーターが描《か》いた表紙《ひょうし》の本《ほん》がたくさん並《なら》べられているみたいだったので、思《おも》わず足《あし》を止《と》めた。

これってたぶん、この前佐々木《まえささき》さんが言《い》ってたMIDOR《ミドリ》ーっていうイラストレーターさんの絵《え》だよね？

こんなにいろんな本《ほん》のカバーを描《か》いてたんだ！

「なんか気《き》になる本《ほん》あった？」

絢世《あやせ》くんが横《よこ》からたずねてくる。

「うん。イラストも素敵《すてき》だし、ちょっと読《よ》んでみたいなーって」

私《わたし》はその中《なか》でも特《とく》に気《き》になった一冊《いっさつ》を手《て》に取《と》ると、次《つぎ》に読《よ》む本《ほん》として買《か》ってみることにした。

「そうだ。雑誌《ざっし》も見《み》ていい？」

絢世《あやせ》くんに言《い》われて、今度《こんど》はふたりで雑誌《ざっし》のコーナーへと移動《いどう》する。

そしたら絢世《あやせ》くんが真《ま》っ先《さき》に『ポラリス』という雑誌《ざっし》を手《て》に取《と》って。

「あった！　紫月《しづき》が載《の》ってる雑誌《ざっし》」

それは、この前《まえ》クラスの女子《じょし》が教室《きょうしつ》で見《み》ていた雑誌《ざっし》と同《おな》じだった。

絢世《あやせ》くんがパラパラと雑誌《ざっし》のページをめくり、私《わたし》にも見《み》せてくる。

「あ、いたよ紫月《しづき》。しかも特集《とくしゅう》に載《の》ってんじゃん！　さすが人気《にんき》モデル」

「わぁっ！　ほんとだ……」

すごいっ。雑誌《ざっし》の紫月《しづき》くんをまともに見《み》たのははじめてだけど、こんなにカッコいいんだ。

やけに大人《おとな》っぽく見《み》えるし、学校《がっこう》とはまた全然雰囲気《ぜんぜんふんいき》が違《ちが》うんだな……。

なんて思《おも》いながらぼーっと見《み》とれていたら、絢世《あやせ》くんが隣《となり》でつぶやいた。

「すげーよな、あいつ。最近《さいきん》どんどん人気上《にんきあ》がってて、今度表紙《こんどひょうし》も飾《かざ》るらしいよ」

「えっ、表紙《ひょうし》!?　すごいね！」

さすが紫月《しづき》くん。そうなったらますます有名《ゆうめい》になっちゃうんだろうなぁ。

それにしても、絢世《あやせ》くんもこうやって雑誌《ざっし》をチェックしたりするってことは、紫月《しづき》くんの活動《かつどう》を応援《おうえん》してるってことだよね。

やっぱりふたりは仲良《なかよ》しなんだ。

すると絢世《あやせ》くんが突然《とつぜん》、私《わたし》のほうを見《み》て。

「琴梨《ことり》はさ、シェアハウスのメンバーで気《き》になるやついないの？」

「へっ？」

「っていうか、好《す》きなやついる？」

思《おも》いがけないことを聞《き》いてきたので、わけもなくドキッとしてしまった。

「い、いないよっ！」

そんな、好《す》きな人《ひと》なんてっ。

今《いま》までできたことがないし、シェアハウスのみんなのことは好《す》きだけど、気《き》になるとかそういうのじゃ……。

「ほんとに～？」

そしたらなぜか、疑《うたが》うように顔《かお》をのぞき込《こ》んでくる絢世《あやせ》くん。

それにしても私《わたし》、なんでこんなに動揺《どうよう》してるんだろう。変《へん》だよね。

「う、うんっ……」

「そっか。じゃあ俺《おれ》にもまだチャンスあるね」

えっ。チャンス!?
どういう意味《いみ》?
気《き》になったけれど、それ以上《いじょう》はあえて聞《き》かないことにした。

12 絢《あや》世《せ》くんの悩《なや》み

ひととおり買《か》い物《もの》を終《お》えたあとは、絢《あや》世《せ》くんが私《わたし》を連《つ》れていきたいカフェがあると言《い》うので、そこで一緒《いっしょ》にお茶《ちゃ》することにした。

ショッピングモールを出《で》て、大通《おおどお》りを歩《ある》いていく。

そんな時《とき》、前《まえ》からメガネをかけた四十代《よんじゅうだい》くらいの女性《じょせい》が勢《いきお》いよくこちらへ駆《か》け寄《よ》ってくるのが見《み》えて。

「絢《あや》世《せ》さまっ。絢《あや》世《せ》さまですよね!?」

突然《とつぜん》絢《あや》世《せ》くんに声《こえ》をかけたのでびっくりしていたら、絢《あや》世《せ》くんは瞬時《しゅんじ》に眉《まゆ》をひそめた。

「げっ！」

「あら、ちょっと痩《や》せたんじゃないですか？　ちゃんと食事《しょくじ》はとれてるのかしら？　ご主人様《しゅじんさま》が心配《しんぱい》していらっしゃいましたよ」

「……」

「またそんな派手《はで》な格好《かっこう》して～。髪《かみ》も伸《の》ばしちゃって、だらしないですわよ。もっとFUJ《フジ》ーグループの御曹司《おんぞうし》らしくしないと！」

ノンストップでベラベラとまくしたてる女性《じょせい》に圧倒《あっとう》されてしまう。

この人《ひと》は誰《だれ》だろう？　知《し》り合《あ》い？

絢世《あやせ》くんは、かなり迷惑《めいわく》そうにしてるみたいだけど……。

するとメガネの女性《じょせい》は、チラッと私《わたし》の顔《かお》を見《み》ると。

「そちらのお嬢《じょう》さんとは、どういうご関係《かんけい》で？」

なんて絢世《あやせ》くんにたずねたので、ぎょっとしてしまった。

「あ、いえっ。私《わたし》は……っ」

「彼女《かのじょ》だよ」

そしたら絢世《あやせ》くん、私《わたし》が答《こた》えるより先《さき》にそう言《い》うと、肩《かた》を抱《だ》き寄《よ》せてきて。

ええっ！　彼女《かのじょ》って……なんで!?

「か、彼女《かのじょ》ですって〜!?」

メガネの女性《じょせい》がたまげたように声《こえ》をあげたら、絢世《あやせ》くんはムッとした顔《かお》で彼女《かのじょ》をにらむ。

「そうだよ。べつに俺《おれ》がなにをしようが、誰《だれ》と付《つ》き合《あ》おうが勝手《かって》だろ。じゃあな」

そのまま私《わたし》を連《つ》れて逃《に》げるように走《はし》りだしたので、私《わたし》は戸惑《とまど》いながらも一緒《いっしょ》に走《はし》った。

「なんかごめんね。変《へん》なところ見《み》せちゃって」

アフタヌーンティースタイルのスイーツを前《まえ》に、絢《あや》世《せ》くんが謝《あやま》ってくる。

あのあと、走《はし》って逃《に》げた私《わたし》と絢《あや》世《せ》くんは、目的《もくてき》のカフェにようやくたどり着《つ》いたんだ。

「ううん。そんなことないよ」

私《わたし》が笑《わら》って答《こた》えたら、絢《あや》世《せ》くんは困《こま》った顔《かお》で語《かた》りはじめた。

「さっきのメガネの女《おんな》の人《ひと》、佐藤《さとう》さんっていうんだけど。俺《おれ》の実家《じっか》に長《なが》いこと仕《つか》えてるお手伝《てつだ》いさんで、親父《おやじ》に似《に》て説教《せっきょう》くさいんだよ」

「えっ、そうだったんだ！」

すごいなぁ。お手伝《てつだ》いさんがいるような家《いえ》に住《す》んでたんだね。

「うちの親父《おやじ》、姉《ねえ》ちゃんには甘《あま》いくせに、俺《おれ》にはやたら厳《きび》しくてさ。子供《こども》のころから『お前《まえ》は跡《あと》継《つ》ぎだから』って、我慢《がまん》ばっかりさせられてきたんだよ」

そう言《い》って、苦《くる》しそうに眉《まゆ》をひそめた絢《あや》世《せ》くん。

「母《かあ》さんも、親父《おやじ》にはなにも言《い》わないし。で、しまいには親父《おやじ》が俺《おれ》の婚約者候補《こんやくしゃこうほ》を勝手《かって》に決《き》めて、その子《こ》とお見合《みあ》いさせようとしてきてさ。さすがに俺《おれ》も頭《あたま》きて、親父《おやじ》と大《おお》ゲンカして家出《いえで》してきたってわけ」

ウソッ。そんなことが……。

「じゃあ、それでシェアハウスに？」

私《わたし》がたずねたら、絢世《あやせ》くんは苦笑《にがわら》いしながらうなずいた。

「そういうこと。さっきはわざと『彼女《かのじょ》』なんて言《い》ってごめんね。親父《おやじ》はまだお見合《みあ》いのことあきらめてないみたいだから、反抗《はんこう》してやりたくて」

「ううん、私《わたし》は大丈夫《だいじょうぶ》だよ。絢世《あやせ》くんもいろいろ大変《たいへん》だったんだね」

ふだんはそういうそぶりを見《み》せないから、全然《ぜんぜん》気《き》づかなかったよ。

「まぁ俺《おれ》は、今《いま》の生活《せいかつ》が超楽《ちょうたの》しいから全然《ぜんぜん》いいんだけどね。琴梨《ことり》とも仲良《なかよ》くなれたし」

絢世《あやせ》くんはそう言《い》うと、なぜか突然私《とつぜんわたし》の手《て》を握《にぎ》ってきて。

「なんなら、ほんとに彼女《かのじょ》になってみる？」

「えっ!?」

待《ま》って。冗談《じょうだん》だよね？

っていうか、手《て》……！

思《おも》わずうろたえた私《わたし》を見《み》て、絢世《あやせ》くんはイタズラっぽくクスクスと笑《わら》った。

「なーんてね。とりあえず食《た》べようぜ」

び、びっくりしたぁ……。

絢世《あやせ》くんはすぐこういう冗談《じょうだん》を言《い》うから、困《こま》っちゃうな。

でも、いつも明《あか》るい彼《かれ》でもいろいろ悩《なや》みを抱《かか》えてるんだと思《おも》ったら、またイメージが変《か》わったかも。

もしかしたら、悩《なや》んでるところを見《み》せないようにしているだけなのかもしれないなぁ。

13 目撃証言《もくげきしょうげん》

「いただきまーす」

朝《あさ》ごはんを前《まえ》に、みんなで手《て》を合《あ》わせる。

今朝《けさ》は久《ひさ》しぶりに全員《ぜんいん》がそろってごはんを食《た》べられるから、ちょっとうれしい。

最近《さいきん》みんないろいろ用事《ようじ》があって、ごはんの時間《じかん》もバラバラになりがちだったんだよね。

「ん、やっぱり琴梨《ことり》ちゃんの卵焼《たまごや》きおいしい！」

卵焼《たまごや》きを口《くち》に入《い》れた瞬間《しゅんかん》、幸《しあわ》せそうな顔《かお》でつぶやく凛寧《りんね》くん。

「ほんと？　よかったぁ」

「そういえば、おとといのデート楽《たの》しかったね」

すると、隣《となり》に座《すわ》っていた絢世《あやせ》くんがニコッと笑顔《えがお》で話《はな》しかけてきて。

「はっ？」

「えっ。琴梨《ことり》ちゃんとデートしたの？」

蓮《れん》くんと凛寧《りんね》くんがおどろいた顔《かお》で反応《はんのう》したら、絢世《あやせ》くんはうなずいた。

「うん。ふたりでショッピングモール行《い》ってお茶《ちゃ》したんだよね～」

そしたらなぜか紫月《しづき》くんが、ムッとしたように眉《まゆ》をひそめて。

「なにそれ。聞《き》いてねーんだけど」

「あれ？　紫月《しづき》もしかしてヤキモチ？」

「なっ。そんなわけねーだろっ」

あ、どうしよう。

デートなんて言《い》うから、みんなに誤解《ごかい》されちゃってる⁉

「あのっ。デートっていうか、絢世《あやせ》くんのお姉《ねえ》さんの誕生日《たんじょうび》プレゼント選《えら》びを手伝《てつだ》っただけだよ」

あわてて私《わたし》が説明《せつめい》したら、蓮《れん》くんが少《すこ》しホッとしたような顔《かお》で言《い》った。

「なんだ。絢世《あやせ》お前《まえ》、まぎらわしい言《い》い方《かた》すんなよ」

「えーだって～。俺《おれ》にとってはデートだし」

「いいなー。僕《ぼく》もあそこのショッピングモール行《い》きたかった」

凛寧《りんね》くんがそう言《い》うと、絢世《あやせ》くんがみんなに向《む》かって。

「じゃあ、今度《こんど》はみんなで行《い》く？」

「いいね！」

「行《い》こうぜ」

わぁ、みんなでお出《で》かけとか楽《たの》しそう！

いつのまにか私《わたし》も仲間《なかま》に入《い》れてもらえてるみたいで、うれしいな。

最近《さいきん》こんなふうに五人《ごにん》で盛《も》り上《あ》がる機会《きかい》も増《ふ》えたし、少《すこ》しはみんなと仲良《なかよ》くなれたと思《おも》ってもいいのかなぁ。


登校《とうこう》して席《せき》に着《つ》くと、私《わたし》はいつものようにカバンから文庫本《ぶんこぼん》を取《と》り出《だ》した。

今日《きょう》は土曜日《どようび》に絢世《あやせ》くんと本屋《ほんや》に寄《よ》った時《とき》に買《か》った、新《あたら》しい本《ほん》を読《よ》む予定《よてい》なんだ。

この前《まえ》の本《ほん》と作者《さくしゃ》さんは違《ちが》うけど、ついイラストにつられてジャケ買《が》いしちゃったんだよね。

「あれ、新《あたら》しい本《ほん》買《か》ったの？」

すると本《ほん》を広《ひろ》げた瞬間《しゅんかん》、佐々木《ささき》さんが声《こえ》をかけてきて。

「あ、うん。おととい買《か》ったんだ」

「しかも、またM《ミ》I《ド》DORI《リ》のイラスト～。この前《まえ》の本《ほん》は読《よ》み終《お》わったんだ？」

「うん。あれもすごく面白《おもしろ》かったよ」

私《わたし》が答《こた》えたら、興味津々《きょうみしんしん》な様子《ようす》で食《く》いついてくる佐々木《ささき》さん。

「えっ、そうなんだ。あの本《ほん》、イラストかわいいし気《き》になってたんだよね。よかったら借《か》りてもいい？」

さらには意外《いがい》なお願《ねが》いをしてきたので、びっくりした。

「いいよっ。今《いま》持《も》ってるから、ぜひ」

急《いそ》いでカバンからこの前読《まえよ》んでいた本《ほん》を取《と》り出《だ》すと、佐々木《ささき》さんに手渡《てわた》す。

「ありがとう。読《よ》んだらまた感想伝《かんそうつた》えるね！」

「うんっ」

うれしそうにニコッと笑《わら》う佐々木《ささき》さんを見《み》て、わけもなく胸《むね》が高鳴《たかな》る。

だってまさか、クラスの子《こ》と本《ほん》の貸《か》し借《か》りができちゃうなんて！

こんなの入学以来《にゅうがくいらい》はじめてだよっ。

思《おも》わず心《こころ》の中《なか》で、イラストレーターのMIDORI《ミドリ》に感謝《かんしゃ》してしまった。

そんな時《とき》、ふと教室《きょうしつ》に入《はい》ってきた男子《だんし》たちの会話《かいわ》が聞《き》こえて。

「なぁ俺《おれ》、今廊下《いまろうか》で東堂《とうどう》がヤマT《ティー》につかまってんの見《み》ちゃったんだけど」

「マジ？　あいつまたなにかやらかしたの？」

蓮《れん》くんの名前《なまえ》が出《で》てきてハッとする。

「中庭《なかにわ》にあった美術部《びじゅつぶ》の作品《さくひん》が壊《こわ》されたとかで、東堂《とうどう》が犯人《はんにん》なんじゃないかって疑《うたが》われてるらしいぜ」

えっ、ウソでしょ……！

蓮《れん》くんがそんなことをするはずがないと思《おも》った私《わたし》は、思《おも》わず席《せき》を立《た》って廊下《ろうか》へ向《む》かった。

すると階段《かいだん》の前《まえ》で、蓮《れん》くんと山田先生《やまだせんせい》が話《はな》している姿《すがた》を見《み》つけて。

ちなみに山田先生《やまだせんせい》は野球部《やきゅうぶ》の顧問《こもん》で体育教師《たいいくきょうし》なんだけど、ちょっと強引《ごういん》で圧《あつ》が強《つよ》いから、生徒《せいと》たちから煙《けむ》たがられているんだ。

「東堂《とうどう》、お前《まえ》だろ。金曜《きんよう》の放課後《ほうかご》、中庭《なかにわ》でお前《まえ》がうろついてたのを目撃《もくげき》した生徒《せいと》がいる。去年寮《きょねんりょう》の窓《まど》ガラス割《わ》ったのもお前《まえ》だったよなぁ？」

蓮《れん》くんに向《む》かって、怖《こわ》い顔《かお》で詰《つ》め寄《よ》る山田先生《やまだせんせい》。

「俺《おれ》は壊《こわ》してないです」

「ほんとか？　正直《しょうじき》に言《い》わないとまた出席停止《しゅっせきていし》になるぞ」

「だから違《ちが》うって」

「でも、目撃証言《もくげきしょうげん》があるんだっ」

聞《き》いた感《かん》じ、先生《せんせい》は完全《かんぜん》に蓮《れん》くんが犯人《はんにん》だって思《おも》い込《こ》んでいるみたい。

いくら蓮《れん》くんにいろんな悪《わる》いウワサがあるとはいえ、そこまで決《き》めつけなくてもいいのに……。

「あーもう、めんどくせー」

そこで蓮《れん》くんがボソッとひとりごとのようにつぶやいたら、とたんに山田先生《やまだせんせい》は声《こえ》を荒《あら》げた。

「こら、めんどくせーとはなんだ！　だいたいお前《まえ》のそういう態度《たいど》がなぁっ」

ヒヤッとして思《おも》わず駆《か》け寄《よ》る私《わたし》。

「ま、待《ま》ってください！」

声《こえ》をかけたら、その瞬間《しゅんかん》蓮《れん》くんと先生《せんせい》がおどろいた顔《かお》でこちらを見《み》た。

「えっ、春名《はるな》？　なんで……」

「蓮《れん》くんは、そんなことする人《ひと》じゃないですっ……」

ふるえる声《こえ》で先生《せんせい》に抗議《こうぎ》する。

だってこのままじゃ、蓮《れん》くんがほんとに犯人《はんにん》にされてしまうんじゃないかって気《き》がして。

「そ、その目撃《もくげき》した人《ひと》は、蓮《れん》くんが壊《こわ》した瞬間《しゅんかん》を見《み》てたんでしょうか？」

「いや、そういうわけではないが、ただ……」

「証拠《しょうこ》もないのに蓮《れん》くんを疑《うたが》うのは、よくないんじゃないかと思《おも》います……」

あぁ、言《い》っちゃった。

生意気《なまいき》だったかな？　どうしよう。

とたんにハッとした顔《かお》で黙《だま》り込《こ》む山田先生《やまだせんせい》。

蓮《れん》くんもおどろいたようにぽかんと口《くち》を開《あ》けている。

そんな時《とき》、ちょうど予鈴《よれい》のチャイムが鳴《な》って。

「……ま、まぁそうだな。とりあえずチャイムが鳴《な》ったから教室《きょうしつ》に戻《もど》りなさい」

先生《せんせい》はバツが悪《わる》そうにそう告《つ》げると、背《せ》を向《む》けて階段《かいだん》を下《お》りていった。

わあぁっ。気《き》まずい……。

思《おも》わずうつむく私《わたし》を見《み》て、蓮《れん》くんが突然《とつぜん》手《て》を握《にぎ》ってくる。

「バカ。手《て》ふるえてんじゃん」

「……っ」

ドキッとして見上《みあ》げたら、心配《しんぱい》そうに私《わたし》を見《み》つめる蓮《れん》くんと目《め》が合《あ》う。

「俺《おれ》はいいけど、春名《はるな》までヤマT《ティー》に目《め》ぇつけられたらどうすんだよ」

「で、でも、あのまま蓮《れん》くんのせいにされるのは嫌《いや》だったからっ……」

そしたら蓮《れん》くんは、一瞬《いっしゅん》おどろいたように目《め》を見開《みひら》くと、くすっと笑《わら》って。

「ありがとな。信《しん》じてくれて」

その笑顔《えがお》がやっぱりすごく優《やさ》しかったので、あらためて絶対《ぜったい》に蓮《れん》くんは犯人《はんにん》じゃないと思《おも》った。

14 ウワサの真相《しんそう》

その日《ひ》の放課後《ほうかご》。

私《わたし》と蓮《れん》くんは、山田先生《やまだせんせい》に生徒指導室《せいとしどうしつ》へと呼《よ》び出《だ》された。

もしかして今朝《けさ》生意気《なまいき》な口《くち》をきいたから、説教《せっきょう》されるのかな……なんて思《おも》ってたら。

「いやー、すまなかった。春名《はるな》の言《い》うとおり、証拠《しょうこ》もないのに疑《うたが》うのはよくないよな」

なぜか突然謝《とつぜんあやま》ってきた先生《せんせい》。

「えっと、あの……どういうことですか?」

「じつはあのあと、作品《さくひん》を壊《こわ》した生徒《せいと》が自分《じぶん》から名乗《なの》り出《で》てきてな。うっかりぶつかってしまって悪気《わるぎ》はなかったらしいが、怒《おこ》られるのが怖《こわ》くて言《い》い出《だ》せなかったそうだ」

聞《き》いた瞬間《しゅんかん》、思《おも》わずホッとする。

そっか。じゃあ本当《ほんとう》の犯人《はんにん》がすぐに見《み》つかったんだ。

「特《とく》に東堂《とうどう》、疑《うたが》って悪《わる》かったな」

申《もう》し訳《わけ》なさそうに言《い》う先生《せんせい》を見《み》て、蓮《れん》くんがあきれたような顔《かお》をする。

「ったく。だから違《ちが》うって言《い》っただろ」

「あぁ、そうだな。お前《まえ》の言葉《ことば》を信《しん》じるべきだったよ。ごめんな」

その姿《すがた》はだいぶ反省《はんせい》しているように見《み》えたので、蓮《れん》くんもそれ以上《いじょう》責《せ》める気《き》はないみたいだった。

「じゃあ俺《おれ》ら、もう帰《かえ》っていいよな？」

蓮《れん》くんがたずねると、コクリとうなずく先生《せんせい》。

「あぁいいぞ。気《き》をつけて帰《かえ》れよ」

いつになく優《やさ》しい顔《かお》の山田先生《やまだせんせい》に、ちょっと戸惑《とまど》っちゃうけど。

なにはともあれ、蓮《れん》くんの疑《うたが》いが晴《は》れてよかったなと思《おも》った。


蓮《れん》くんと一緒《いっしょ》に校門《こうもん》を出《で》て、並《なら》んで歩《ある》く。

「ヤマT《ティー》も調子《ちょうし》いいよな。コロッと態度《たいど》変《か》えてやがるし」

「ふふ、ほんとだよね。でもよかった。すぐに疑《うたが》いが晴《は》れて」

私《わたし》がホッとしたようにつぶやくと、蓮《れん》くんはまっすぐこちらを見《み》て言《い》った。

「春名《はるな》のおかげだよ」

「いや、私《わたし》はべつにっ……」

そんなふうに言《い》われたら照《て》れちゃうな。

だけどふと、今朝《けさ》の山田先生《やまだせんせい》とのやり取《と》りが思《おも》い出《だ》されて。

「あの……先生《せんせい》が言《い》ってたことって、本当《ほんとう》なの？」

「えっ？」

「蓮《れん》くんが寮《りょう》の窓《まど》ガラスを割《わ》ったとか、出席停止《しゅっせきていし》になったとか……」

じつはずっと気《き》になってた。蓮《れん》くんのそのウワサは本当《ほんとう》なのかなって。

でも蓮《れん》くんを知《し》れば知《し》るほど、そんなことをする人《ひと》だとは思《おも》えないんだ。

そしたら蓮《れん》くんは、少《すこ》し考《かんが》えるように黙《だま》ったあと、こう答《こた》えた。

「んー。半分《はんぶん》ウソで、半分本当《はんぶんほんとう》」

……なにそれ。半分《はんぶん》ってどういうこと？

「窓《まど》ガラスを割《わ》った事件《じけん》があったのも、出席停止《しゅっせきていし》になったっていうのも本当《ほんとう》。でも、割《わ》ったのは俺《おれ》じゃない」

「えっ。じゃあなんで蓮《れん》くんが……」

「俺《おれ》のせいってことにしたんだよ」

「えぇっ！」

まさかの真実《しんじつ》に、ぎょっとして大声《おおごえ》が出《で》た。

「うちの寮《りょう》、中庭《なかにわ》でのボールの使用《しよう》は禁止《きんし》されてるらしいんだけど、野球部《やきゅうぶ》のやつがそれを知《し》らずにキャッチボールしてて。うっかりボールで窓《まど》ガラスを派手《はで》に割《わ》っちまったんだ」

思《おも》い出《だ》すように、遠《とお》くを見《み》ながら語《かた》りだした蓮《れん》くん。

「しかも、その片方《かたほう》が俺《おれ》の相部屋《あいべや》だったやつでさ。そいつは野球推薦《やきゅうすいせん》で入《はい》ったうえに一年《いちねん》からスタメンにも選《えら》ばれてたから、もしバレたら試合《しあい》に出《で》られなくなるって泣《な》きだして。『だったら俺《おれ》が犯人《はんにん》ってことにしてやるよ』って申《もう》し出《で》たわけ。元《もと》から俺《おれ》は不良扱《ふりょうあつか》いされてたから、先生《せんせい》もすんなり信《しん》じたしな」

「そんなっ……。じゃあ蓮《れん》くんは、無実《むじつ》なのに出席停止処分《しゅっせきていししょぶん》になったってこと？」

「まぁな。で、規律違反《きりついはん》で寮《りょう》も追《お》い出《だ》されたから、今《いま》のシェアハウスに越《こ》してきた……みたいな感《かん》じ」

「でも、それじゃ蓮《れん》くんが不憫《ふびん》すぎるよ……っ」

「いいんだよ。元《もと》から俺《おれ》はイメージ悪《わる》かったから、これ以上悪《いじょうわる》くなってもあんま変《か》わんねーなって思《おも》っただけだし。寮《りょう》も規則《きそく》が厳《きび》しくてダルかったから、今《いま》のシェアハウスに来《こ》れて逆《ぎゃく》にラッキーだったし」

蓮《れん》くんはそう言《い》うけれど、私《わたし》はやっぱり胸《むね》が痛《いた》む。

誤解《ごかい》されたまま悪《わる》いウワサを立《た》てられていることが、歯《は》がゆくて。

「絢世《あやせ》くんとかほかのみんなは、このことを知《し》ってるの？」

ふと気《き》になってたずねたら、蓮《れん》くんはコクリとうなずいた。

「あぁ、シェアハウスのやつらだけは知《し》ってるよ。俺《おれ》がかばってウソついたことに気《き》づいた絢世《あやせ》が、理事長《りじちょう》に『蓮《れん》は犯人《はんにん》じゃない！』って抗議《こうぎ》したらしくて。俺《おれ》は理事長《りじちょう》から詳《くわ》しく事情《じじょう》を聞《き》かれたけど、『自分《じぶん》がやった』って言《い》い張《は》った。そしたら理事長《りじちょう》はなんとなく理由《りゆう》を察《さっ》したのか、俺《おれ》をシェアハウスに入《い》れてくれたんだよ」

「……そうだったんだ。すごいね」

誰《だれ》かのためにそこまでできるなんて。さらにイメージが変《か》わっちゃうな。

やっぱり蓮《れん》くんは、思《おも》いやりにあふれたいい人《ひと》なんだ。

「ほんとに優《やさ》しいんだね」

そう言《い》って蓮《れん》くんを見上《みあ》げたら、彼《かれ》は一瞬《いっしゅん》おどろいたように目《め》を見開《みひら》いて、それから立《た》ち止《ど》まった。

「優《やさ》しいのは、春名《はるな》のほうだろ。いろいろウワサされて嫌《きら》われ者《もの》だった俺《おれ》のこと、信《しん》じてくれたし」

「そ、そんなっ。当然《とうぜん》だよ」

「でも俺《おれ》、今《いま》までは誰《だれ》にどう思《おも》われてもよかったけど、春名《はるな》には嫌《きら》われたくねーな」

「えっ」

「春名《はるな》にだけは、誤解《ごかい》されたくない」

……なにそれ。どうして私《わたし》にだけ？

蓮《れん》くんの瞳《ひとみ》があまりにもまっすぐで、わけもなくドキドキしてしまった自分《じぶん》がいた。

15 ちょっとした親《しん》切《せつ》

朝《あさ》、いつものように自分《じぶん》の席《せき》で本《ほん》を読《よ》んでいたら、佐々木《ささき》さんが声《こえ》をかけてきた。

「春名《はるな》さん、おはようっ」

「あ、おはよう佐々木《ささき》さん」

最近《さいきん》こんな感《かん》じで佐々木《ささき》さんは、よく私《わたし》に話《はな》しかけてくれる。

この前本《まえほん》を貸《か》したのをきっかけに、少《すこ》し仲良《なかよ》くなったんだ。

すると佐々木《ささき》さんは、カバンの中《なか》から文庫本《ぶんこぼん》を取《と》り出《だ》して、私《わたし》に手渡《てわた》すと。

「これ、貸《か》してくれてありがとう。全部《ぜんぶ》読《よ》んだよ」

「え、もう読《よ》んでくれたんだ。どうだった？」

「すっごく良《よ》かった！　最後《さいご》、ちょっと泣《な》けるし」

しかも、目《め》を輝《かがや》かせながら感想《かんそう》まで伝《つた》えてくれて。

「だ、だよね？　ラストのふたりでベンチで話《はな》すシーンが特《とく》に……」

「そうそう、あそこ最高《さいこう》だよね！　ウルウルしながら読《よ》んじゃった～」

まさか、佐々木《ささき》さんとこんなふうに本《ほん》の話《はなし》で盛《も》り上《あ》がれるとは思《おも》ってもみなかったので、思《おも》わずテンションが上《あ》がってしまった。

「よかったぁ。楽《たの》しんでもらえて」

私《わたし》がホッとした顔《かお》で言《い》うと、さらに話《はな》しかけてくる佐々木《ささき》さん。

「ねぇ、ほかにもおすすめの本《ほん》あったら教《おし》えてよ！　もっといろいろ読《よ》んでみたくなっちゃった」

「ほんと？　じゃあまた明日《あした》なにか持《も》ってこようか？」

「いいの!?　ありがと～！　私《わたし》もおすすめの本見《ほんみ》つけたら持《も》ってくるね！」

また本《ほん》を貸《か》すことになって、ますますテンションが上《あ》がっちゃう。

うれしいな。こんなに喜《よろこ》んでもらえるなんて。

このままもっと佐々木《ささき》さんと仲良《なかよ》くなれたらいいなぁ。

放課後《ほうかご》、いつものようにひとりで学校《がっこう》を出《で》た私《わたし》。

夕飯《ゆうはん》のメニューを考《かんが》えながら大通《おおどお》りをゆっくり歩《ある》いていたら、数《すう》メートル先《さき》に近《ちか》くの男子校《だんしこう》の制服《せいふく》を着《き》た高校生《こうこうせい》を発見《はっけん》した。

手元《てもと》のスマホに夢中《むちゅう》な彼《かれ》は、前《まえ》が見《み》えていないのか、右《みぎ》に行《い》ったり左《ひだり》に行《い》ったりフラフラしている。

わぁ、大丈夫《だいじょうぶ》かな？

なんかヒヤヒヤしちゃうなぁ。

そんな時《とき》、向《む》こうからすごいスピードで自転車《じてんしゃ》が走《はし》ってくるのが見《み》えて。

危《あぶ》ないと思《おも》ったのもつかの間《ま》、その自転車《じてんしゃ》に乗《の》ったおじさんの腕《うで》が、よそ見《み》していた彼《かれ》の胸《むね》あたりにぶつかってしまった。

――ドンッ！

「うわっ！」

突《つ》き飛《と》ばされて、その場《ば》に倒《たお》れ込《こ》む男子高校生《だんしこうこうせい》。

自転車《じてんしゃ》のおじさんは一瞬《いっしゅん》振《ふ》り返《かえ》ると、彼《かれ》に向《む》かって怒鳴《どな》り散《ち》らす。

「こらっ、よそ見《み》して歩《ある》いてんじゃねーよ！」

そのままおじさんはスルーして行《い》ってしまったので、見《み》かねた私《わたし》は思《おも》わず倒《たお》れた男《おとこ》の子《こ》のもとへと駆《か》け寄《よ》った。

「だ、大丈夫《だいじょうぶ》ですかっ⁉」

おそるおそる声《こえ》をかけると、こちらを見上《みあ》げる男《おとこ》の子《こ》。

「あぁ、大丈夫《だいじょうぶ》……」

だけど私《わたし》の顔《かお》を見《み》た瞬間《しゅんかん》、彼《かれ》はおどろいたように目《め》を見開《みひら》いて。

そのままなぜか、固《かた》まったように私《わたし》をじーっと見《み》つめてきたので、少《すこ》し戸惑《とまど》ってしまった。

「えっと……どうかしました？」

なんだろう。

もしかして私《わたし》の顔《かお》、なにかついてたかな？

それともどこかで会《あ》ったことがあるとか？

「……あぁいやっ。なんでもない」

彼《かれ》はそう言《い》って笑《わら》うと、立《た》ち上《あ》がってズボンを手《て》で払《はら》う。

そんな時《とき》、よく見《み》たら彼《かれ》の手《て》の甲《こう》に擦《す》り傷《きず》ができていることに気《き》がついて。

痛《いた》そうだなと思《おも》った私《わたし》は、とっさにカバンから絆創膏《ばんそうこう》を取《と》り出《だ》した。

「あのっ、手《て》をケガしてるみたいなので、よかったらこれ使《つか》ってください」

「えっ？」

言《い》われて手《て》の甲《こう》を確認《かくにん》すると、絆創膏《ばんそうこう》を受《う》け取《と》る男《おとこ》の子《こ》。

「ほんとだ。ありがとう、助《たす》かったよ」

にこっと笑顔《えがお》で言《い》われて、照《て》れくさいけどうれしい気持《きも》ちになる。

よけいなおせっかいかなとも思《おも》ったけど、助《たす》けになれたみたいでよかった。

なんだか少《すこ》しいいことをしたような気分《きぶん》になって、軽《かる》い足取《あしど》りで家《いえ》に帰《かえ》った。


「ただいまー」

リビングに入《はい》ると中《なか》はシーンとしていて、人《ひと》の気配《けはい》がなかった。

あれ、もしかして誰《だれ》もいない？

今日《きょう》もみんな遅《おそ》いのかなぁ？

なんて思《おも》ってあたりを見回《みまわ》すと、ソファに制服姿《せいふくすがた》のまま寝転《ねころ》がっている凛寧《りんね》くんを発見《はっけん》して。

「あっ」

なんだ。誰《だれ》もいないと思《おも》ったら、凛寧《りんね》くんは帰《かえ》ってたんだ。

カバンもそこに置《お》きっぱなしだし、もしかして帰宅《きたく》するなり寝《ね》ちゃったのかな？

すやすやと寝息《ねいき》を立《た》てる凛寧《りんね》くんの顔《かお》を、そっとのぞき込《こ》む。

それにしても、凛寧《りんね》くんの寝顔《ねがお》ってほんとにかわいいな……。

小動物《しょうどうぶつ》みたいで癒《い》やされるっていうか。

風邪《かぜ》をひくといけないから、なにかかけてあげよう。

そう思《おも》って近《ちか》くに置《お》いてあったブランケットをそっと彼《かれ》の体《からだ》にかけたら、その瞬間凛寧《しゅんかんりんね》くんが
ハッとしたように目《め》を開《あ》けた。

「ご、ごめんっ。起《お》こしちゃった？」

思《おも》わず謝《あやま》ったら、なぜかガバッと飛《と》び起《お》きる凛寧《りんね》くん。

「やばっ。もしかして僕寝《ぼくね》てた？　今何時《いまなんじ》!?」

「え、えーっと、もうすぐ六時《ろくじ》だけど……」

私《わたし》が答《こた》えると、急《きゅう》に頭《あたま》を抱《かか》え込《こ》む凛寧《りんね》くん。

「どうしようっ……。このままじゃ間《ま》に合《あ》わないかも」

「えっ？」

どういう意味《いみ》だろう？

なんか凛寧《りんね》くん、追《お》い詰《つ》められてる？

すると突然《とつぜん》、彼《かれ》はハッと思《おも》いついたように私《わたし》を見《み》て。

「そうだっ。琴梨《ことり》ちゃん！」

「えっ。私《わたし》？」

「うんっ。琴梨《ことり》ちゃんにモデルになってもらえばいいんだ！」

なぜか目《め》を輝《かがや》かせながらそんなふうに言《い》ったので、思《おも》わずきょとんとしてしまった。

16 凛《りん》寧《ね》くんのヒミツ

「……だ、大丈夫《だいじょうぶ》？　変《へん》じゃないかな？」

慣《な》れないメイド服《ふく》を着《き》て、緊張《きんちょう》しながら凛《りん》寧《ね》くんの前《まえ》に登場《とうじょう》する。

そしたら凛《りん》寧《ね》くんは、とたんに目《め》を輝《かがや》かせて。

「うんっ。めちゃくちゃかわいいよ！　似合《にあ》ってる！」

うぅっ。そんなにほめられたら、ますます照《て》れちゃうなぁ。

じつは先《さき》ほど凛《りん》寧《ね》くんから、このフリフリのメイド服《ふく》に着替《きが》えてほしいって頼《たの》まれたんだ。

まるでなにかのコスプレでもしてるみたい。

凛《りん》寧《ね》くんはモデルがどうのって言《い》ってたけど、なんのモデルだろう？

「でも、どうして私《わたし》がこんな格好《かっこう》を？」

おそるおそるたずねたら、凛《りん》寧《ね》くんは意味深《いみしん》な笑《え》みを浮《う》かべると、私《わたし》の手首《てくび》をギュッとつかんだ。

「それは今《いま》から説明《せつめい》するから。僕《ぼく》の部屋《へや》に来《き》て」

「えっ！」

それを聞《き》いてまたびっくり。

だってこの前《まえ》、部屋《へや》には入《はい》らないでって忠告《ちゅうこく》されたばかりなのに……。

いいのかな？

――ガチャッ。

招《まね》かれるまま、凛寧《りんね》くんの部屋《へや》に入《はい》る。

そしたら中《なか》には大《おお》きな本棚《ほんだな》がいくつもあって、そこにはずらっとマンガ本《ぼん》やフィギュアが飾《かざ》られていた。

さらに奥《おく》の机《つくえ》には、パソコンのモニター画面《がめん》のようなものが三台《さんだい》と、キーボード、そして大《おお》きなタブレットが。

壁《かべ》には額縁《がくぶち》に入《い》れられたイラストやポスターがたくさん飾《かざ》ってあるし、かわいい洋服《ようふく》を着《き》たマネキン人形《にんぎょう》まで置《お》いてある。

「わぁっ……」

すごいっ。まるで漫画家《まんがか》さんの部屋《へや》みたい！

そんな時《とき》、ふと壁《かべ》に飾《かざ》ってあるイラストたちを見《み》て気《き》がついた。

あれ？　このイラスト、なんか見覚《みおぼ》えがある。

たぶん、あの本《ほん》のカバーを描《か》いていたＭＩＤＯＲＩ《ミドリ》のイラストじゃないかな？

「このイラストって……もしかしてＭＩＤＯＲＩ《ミドリ》？」

思《おも》わずたずねたら、凜寧《りんね》くんはおどろいた顔《かお》で振《ふ》り向《む》く。

「えっ。知《し》ってるの？　ＭＩＤＯＲＩ《ミドリ》のこと」

「うん。私《わたし》が読《よ》んでる本《ほん》のカバーを描《か》いてたから。すごく素敵《すてき》なイラストだよね」

私《わたし》がそう言《い》うと、凜寧《りんね》くんはちょっと照《て》れくさそうに笑《わら》って。

「ありがと。じつはそれ、僕《ぼく》が描《か》いてるんだ」

「えっ！」

ま、待《ま》って。どういうこと!?

「えっと、つまりそれは……」

「そう。僕《ぼく》がＭＩＤＯＲＩ《ミドリ》ってこと」

「ええ～っ!!」

衝撃《しょうげき》の事実《じじつ》に、思《おも》わず大声《おおごえ》で叫《さけ》んでしまった。

ウソでしょっ。信《しん》じられない。

じゃあ凛寧《りんね》くんは、中二《ちゅうに》にしてプロのイラストレーターとして活動《かつどう》してるってこと!?

まさかあの本《ほん》のイラストを描《か》いていたのが、凛寧《りんね》くんだったなんて……。

「誰《だれ》にも内緒《ないしょ》だよ」

口《くち》の前《まえ》に人差《ひとさ》し指《ゆび》を立《た》て、ウインクしながらそう言《い》った凛寧《りんね》くん。

その姿《すがた》があまりにもかわいくて、思《おも》わずきゅんとしてしまう。

だけどそれ以上《いじょう》に凛寧《りんね》くんの正体《しょうたい》を知《し》った衝《しょう》撃《げき》がすごすぎて、しばらく言葉《ことば》が出《で》てこなかった。

「ちなみにこのマネキンが着《き》てる服《ふく》も、小物《こもの》も、全部《ぜんぶ》資料《しりょう》なんだ。僕《ぼく》は実物《じつぶつ》を参考《さんこう》にしたほうが描《か》きやすいし、イメージがわきやすくて」

「な、なるほど……」

じゃあもしかして、この前《まえ》洗濯物《せんたくもの》にまぎれてたフリフリのブラウスも、凛寧《りんね》くんが落《お》とした

リボンのバレッタも、全部《ぜんぶ》イラストの資料《しりょう》？

私《わたし》が今着《いまき》てるメイド服《ふく》も。

そういえば凛寧《りんね》くんは、最近《さいきん》よく忙《いそが》しいって部屋《へや》にこもったまま出《で》てこなかったけど……。

あれはイラストのお仕事《しごと》で忙《いそが》しいって意味《いみ》だったんだね。

「じつは今回《こんかい》メイド服姿《ふくすがた》の女《おんな》の子《こ》のイラストを依頼《いらい》されたんだけど、今日《きょう》がラフの締《し》め切《き》りなのに思《おも》うように描《か》けなくてさ。そこで琴梨《ことり》ちゃんに絵《え》のモデルになってもらえないかと思《おも》ったんだ」

そう言《い》って、少《すこ》し申《もう》し訳《わけ》なさそうに笑《わら》う凛寧《りんね》くん。

「いきなりでごめんね」

「ううん、全然《ぜんぜん》いいよ。私《わたし》でよければいくらでも協力《きょうりょく》するから」

「ほんと？　じゃあこんな感《かん》じのポーズ取《と》ってもらえる？」

凛寧《りんね》くんは机《つくえ》にあった大《おお》きなタブレットを手《て》に取《と》ると、画面《がめん》をこちらへ見《み》せてきた。

そこには、簡単《かんたん》に人《ひと》の形《かたち》だけ描《か》いたような絵《え》があって。

「わ、わかった！」

凛寧《りんね》くんに言《い》われたとおりポーズをとると、スマホで写真《しゃしん》を撮《と》る凛寧《りんね》くん。

――カシャッ。

正直《しょうじき》ちょっぴり恥《は》ずかしいけど、素敵《すてき》なイラストのためだもん。

少《すこ》しでも力《ちから》になりたいよ。

「ありがとう！　なんかいっきにイメージがわいてきた！」

「ほんと？　よかったぁ」

「うん。おかげでいいイラストが描《か》けそうだよ！」

凛寧《りんね》くんはそう言《い》ってさっそく机《つくえ》に向《む》かうと、タブレットを置《お》いて椅子《いす》に腰《こし》かける。

私《わたし》はそっと近《ちか》くまで行《い》くと、その様子《ようす》を横《よこ》からのぞき込《こ》んだ。

「す、すごいっ……」

先《さき》ほど撮《と》った私《わたし》の写真《しゃしん》を見《み》ながら、勢《いきお》いよくタッチペンを走《はし》らせる凛寧《りんね》くん。

その手《て》つきはまさにプロって感《かん》じで、なんだか圧倒《あっとう》されてしまう。

わぁ、イラストってこんなふうに描《か》くんだ……！

その過程《かてい》を生《なま》で見《み》られるなんて、ちょっと感激《かんげき》かも。

彼《かれ》はそのままあっという間《ま》に下書《したが》きのイラストを描《か》き上《あ》げると、うれしそうに声《こえ》をあげた。

「うん、いい感《かん》じにラフが描《か》けた！」

「か、かわいいっ。ほんとにMI《ミ》D《ド》OR《リ》Iのイラストだね！」

思《おも》わず声《こえ》をかけたら、笑顔《えがお》でこちらを振《ふ》り向《む》く凛寧《りんね》くん。

「ふふ。琴梨《ことり》ちゃんがモデルになってくれたおかげだよ」

「いえいえ。よかったよ、お役《やく》に立《た》てて」

そんな時《とき》、ふと今朝《けさ》の佐々木《ささき》さんとのやり取《と》りを思《おも》い出《だ》した私《わたし》。

「そうだっ。私《わたし》ね、最近《さいきん》MI《ミ》D《ド》OR《リ》Iのイラストがきっかけで、クラスの子《こ》と仲良《なかよ》くなれたんだ」

「えっ、ほんと？」

「うん。私《わたし》、人見知《ひとみし》りだしなかなか自分《じぶん》から話《はな》しかけられなくて。でもその子《こ》が、私《わたし》が持《も》ってた本《ほん》のカバーイラストを見《み》て声《こえ》をかけてくれたの。それを描《か》いてたのが凛寧《りんね》くんだったんだと思《おも》うと、感動《かんどう》しちゃう」

そう話《はな》すと、ますます喜《よろこ》んだ顔《かお》になる凛寧《りんね》くん。

「そうだったんだ。うれしいなぁ、僕《ぼく》のイラストがきっかけになるとか」

「凛寧《りんね》くんのイラスト、本当《ほんとう》に素敵《すてき》だもん。いちファンとしてこれからも応援《おうえん》してるから、がんばってね」

笑顔《えがお》で声《こえ》をかけたら、凛寧《りんね》くんは「ありがと」と言《い》ってまたニコッと笑《わら》った。

17 優《やさ》しい紫《し》月《づき》くん

——数日後《すうじつご》。
完全下校時刻《かんぜんげこうじこく》のチャイムを聞《き》いた私《わたし》は、あわてて靴《くつ》に履《は》き替《か》え学校《がっこう》を出《で》た。
委員会《いいんかい》のあと先生《せんせい》と話《はな》してたら、すっかり遅《おそ》くなっちゃった！
外《そと》はいつのまにか日《ひ》が落《お》ちて、薄暗《うすぐら》い。
歩《ある》き慣《な》れた帰《かえ》り道《みち》のはずなのに、なんとなくひとりが心細《こころぼそ》く感《かん》じる。
そんな時《とき》、ふとうしろから誰《だれ》かにつけられてるような気配《けはい》を感《かん》じて——。
ハッとして振《ふ》り返《かえ》ってみたら、誰《だれ》もいなかった。
あれ？　まただ……。
というのもここ最近《さいきん》、帰《かえ》り道《みち》、誰《だれ》かにずっと見《み》られているような気《き》がするんだ。
気《き》のせいかもしれないけど……。
もしかしてみんなとの同居《どうきょ》がバレたんじゃないかとか、いろいろ不安《ふあん》になっちゃう。
シェアハウスに住《す》んでることは誰《だれ》にも内緒《ないしょ》だから、気《き》をつけなくちゃいけないのに。

「あれ、春名《はるな》？」

すると、大通《おおどお》りのコンビニ前《まえ》を過《す》ぎたあたりで、誰《だれ》かに名前《なまえ》を呼《よ》ばれて。

振《ふ》り向《む》いたらそこには、手《て》に袋《ふくろ》を下《さ》げた紫月《しづき》くんの姿《すがた》があった。

「あ、紫月《しづき》くん！」

「今帰《いまかえ》り？」

「うん。ちょっと委員会《いいんかい》で遅《おそ》くなっちゃって」

「おつかれ。俺《おれ》も委員会《いいんかい》の帰《かえ》りで、コンビニ寄《よ》ってたとこ」

紫月《しづき》くんはそう言《い》うと、さりげなく私《わたし》の隣《となり》に並《なら》んで歩《ある》きだす。

そのままなんとなく一緒《いっしょ》に帰《かえ》る形《かたち》になったので、私《わたし》は思《おも》わず気《き》になって聞《き》いてしまった。

「あの、大丈夫《だいじょうぶ》？　一緒《いっしょ》に歩《ある》いてて」

「えっ？」

「ほら、学校《がっこう》の人《ひと》たちやファンの子《こ》に見《み》られたりしたら、まずいのかなって……」

「べつに。クラスメイトと一緒《いっしょ》にいるのくらい平気《へいき》だろ」

ケロッと答《こた》えた紫月《しづき》くん。

さらに彼《かれ》は、付《つ》け足《た》すように。

「それに、暗《くら》いから春名《はるな》ひとりだと危《あぶ》ないし」

聞《き》いた瞬間《しゅんかん》、思《おも》わずトクンと心臓《しんぞう》が音《おと》を立《た》てた。

じゃあ、私《わたし》のことを心配《しんぱい》して一緒《いっしょ》に帰《かえ》ってくれてるってこと？　優《やさ》しいな……。

最初《さいしょ》のころは、冷《つめ》たくて近寄《ちかよ》りがたいなんて思《おも》ってたのがウソみたい。

知《し》れば知《し》るほど、紫月《しづき》くんともっと仲良《なかよ》くなれたらいいなと思《おも》う自分《じぶん》がいるんだ。

ふたりで他愛《たわい》ない話《はなし》をしながら、並《なら》んで歩《ある》く。


「……っ！」

その時急《ときぎゅう》に、刺《さ》すような視線《しせん》を感《かん》じた気《き》がしてゾクッとする。

……まただ。やっぱり見《み》られてる⁉

だけどキョロキョロあたりを見回《みまわ》しても、誰《だれ》も見当《みあ》たらなくて。

「どうした？」

紫月《しづき》くんが横《よこ》からたずねてくる。

「それが、さっきから誰《だれ》かに見《み》られてるような気《き》がして……」

「さっきって、いつから？」

「紫月《しづき》くんと会《あ》う前《まえ》から……というか、数日前《すうじつまえ》からかな？」

正直《しょうじき》に話《はな》したら、紫月《しづき》くんはぎょっとしたように声《こえ》をあげた。

「マジかよ。なんでもっと早《はや》く言《い》わないんだよ」

「だ、だって、気《き》のせいかもしれないし。よけいな心配《しんぱい》かけても悪《わる》いかなって……」

私《わたし》の言葉《ことば》に眉《まゆ》をひそめ、はーっとため息《いき》をつく紫月《しづき》くん。

「ったく、変《へん》な遠慮《えんりょ》すんなって。もしストーカーとかだったらどうすんの？」

「えぇっ！　まさかっ」

「そうだ。今《いま》スマホ持《も》ってる？」

「うん」

紫月《しづき》くんに聞《き》かれて、ポケットからスマホを取《と》り出《だ》す。

「俺《おれ》の連絡先《れんらくさき》、まだ教《おし》えてなかっただろ？」

思《おも》いもよらない彼《かれ》の言葉《ことば》に、びっくりして目《め》を見開《みひら》いてしまった。

だって紫月《しづき》くんはモデルだし、女《おんな》の子《こ》には気軽《きがる》に連絡先《れんらくさき》を教《おし》えないと思《おも》ってたから。

「い、いいの？」

「あぁ。同《おな》じシェアハウスのメンバーとして、知《し》っといたほうがいいじゃん」

そのまま立《た》ち止《ど》まって、連絡先《れんらくさき》を交換《こうかん》し合《あ》った私《わたし》たち。

スマホを片手《かたて》に紫月《しづき》くんが声《こえ》をかけてくる。

「困《こま》ったこととかあったら、いつでも連絡《れんらく》しろよ」

「うん。ありがとう」

うれしいな。まるで頼《たよ》りにしていいって言《い》われてるみたい。

紫月《しづき》くんと、ますます距離《きょり》が近《ちか》づいたように感《かん》じちゃうっていうか。

すると次《つぎ》の瞬間《しゅんかん》、前《まえ》から来《き》た自転車《じてんしゃ》が、勢《いきお》いよく私《わたし》の横《よこ》を通《とお》り過《す》ぎていって。

「春名《はるな》！」

「きゃっ」

紫月《しづき》くんはとっさに私《わたし》の肩《かた》を抱《だ》き寄《よ》せると、ぶつからないよう守《まも》ってくれた。

「……危《あぶ》ねーな。大丈夫《だいじょうぶ》か？」

じっと顔《かお》をのぞき込《こ》まれて、ドキンとまた心臓《しんぞう》が飛《と》びはねる。

「だ、大丈夫《だいじょうぶ》っ」

どうしよう。紫月《しづき》くんと密着《みっちゃく》しちゃってる……！

って、私《わたし》ったらなんでこんなにドキドキしてるんだろう。変《へん》だよね。

わけもなく顔《かお》が火照《ほて》るのを感《かん》じて、あわててそれを隠《かく》すように下《した》を向《む》いた。

翌日《よくじつ》のお昼休《ひるやす》みのこと。
廊下《ろうか》を歩《ある》いていたら突然《とつぜん》、他《た》クラスの女子三人組《じょしさんにんぐみ》に声《こえ》をかけられた。
「春名《はるな》さん、ちょっといい？」
その表情《ひょうじょう》がやけに怖《こわ》くてビクッとする。
な、なんだろう。私《わたし》、なにかした？
もしかして……シェアハウスのことがバレたとか!?
ドキドキしながらあとをついていく。
すると、人《ひと》けのない階段《かいだん》の前《まえ》まで来《き》たところで、彼女《かのじょ》たちは立《た》ち止《ど》まった。
真《ま》ん中《なか》に立《た》つ女《おんな》の子《こ》が、腕《うで》を組《く》みながら私《わたし》をにらみつけてくる。
「昨日《きのう》、紫月《しづき》くんとふたりで歩《ある》いてたでしょ」
聞《き》いた瞬間《しゅんかん》、ギクッとして心臓《しんぞう》が止《と》まるかと思《おも》った。
昨日一緒《きのういっしょ》に帰《かえ》ってたところ、見《み》られてたんだ！
じゃあこの子《こ》たちは、紫月《しづき》くんのファン？
まさかシェアハウスで同居《どうきょ》してることまでは、気《き》づかれてないよね？

「あんた、紫月《しづき》くんとどういう関係《かんけい》なの？」

「いや、紫月《しづき》くんとはただのクラスメイトでっ……」

「じゃあやっぱり、昨日《きのう》のはあんたが勝手《かって》につきまとってたってこと？」

「つ、つきまとってないですっ。昨日《きのう》は帰《かえ》り道《みち》にばったり会《あ》っただけで……」

私《わたし》が弱々《よわよわ》しい声《こえ》で否定《ひてい》したら、女《おんな》の子《こ》たちはさらに詰《つ》め寄《よ》ると、声《こえ》を荒《あら》らげた。

「だいたいねぇ、地味女《じみおんな》のくせに生意気《なまいき》なのよ！　あんたのせいで紫月《しづき》くんが変《へん》なウワサ立《た》てられたらどうするの!?」

「そうだよっ。これ以上《いじょう》紫月《しづき》くんに近寄《ちかよ》らないで！」

その瞬間《しゅんかん》、手前《てまえ》にいた女《おんな》の子《こ》が、私《わたし》に向《む》かって勢《いきお》いよく手《て》を伸《の》ばす。

突《つ》き飛《と》ばされる——そう思《おも》って目《め》をつぶろうとした時《とき》のこと。

——パシン。

横《よこ》から誰《だれ》かの手《て》が伸《の》びてきて、女《おんな》の子《こ》の腕《うで》を捕《つか》まえた。

「なにやってんの？」

「……っ、紫月《しづき》くん!?」

ハッとして確認《かくにん》すると、そこにいたのはまさかの紫月《しづき》くんで。

ウソッ。もしかして、かばってくれた？

「俺《おれ》、こういうことするやつが一番嫌《いちばんきら》いなんだけど」

紫月《しづき》くんが怖《こわ》い顔《かお》でにらみつけたら、彼女《かのじょ》たちはとたんに真《ま》っ青《さお》な顔《かお》で黙《だま》り込《こ》んだ。

「俺《おれ》は春名《はるな》につきまとわれてなんかないし、迷惑《めいわく》もしてない。そもそもあんたらにそんなこと言《い》う権利《けんり》ないだろ」

「そ、それはっ……」

「今度春名《こんどはるな》によけいなこと言《い》ったら、俺《おれ》が許《ゆる》さねーから」

低《ひく》い声《こえ》でそう言《い》うと、つかんでいた腕《うで》を放《はな》す紫月《しづき》くん。

「……っ、ごめんなさい!!」

女《おんな》の子《こ》たちは即座《そくざ》に謝《あやま》ると、逃《に》げるようにその場《ば》から去《さ》っていってしまった。

「大丈夫《だいじょうぶ》か？」

紫月《しづき》くんが急《きゅう》に優《やさ》しい口調《くちょう》で私《わたし》にたずねる。

「うん。助《たす》けてくれてありがとう」

お礼《れい》を言《い》って見上《みあ》げたら、紫月《しづき》くんは困《こま》ったように眉《まゆ》をひそめて。

「なんかごめん。俺《おれ》のせいで」

「そんな、紫月《しづき》くんのせいじゃないよっ。私《わたし》は平気《へいき》だから」

「もしかして昨日《きのう》見《み》られてるとか言《い》ってたの、あいつらのこと？」

言《い》われてふと思《おも》い出《だ》す。

そういえば、最近《さいきん》ずっと誰《だれ》かに見《み》られてるような気《き》がしてたけど。

あの視線《しせん》は、あの子《こ》たちだったってこと？

「そ、そうだったのかも……」

どこか謎《なぞ》が解《と》けたような気《き》持《も》ちになっていたら、紫月《しづき》くんは私《わたし》の目《め》をじっと見《み》て言《い》った。

「あいつらの言《い》うこと、気《き》にすんなよ。春名《はるな》は地味《じみ》なんかじゃねーから」

「えっ？」

「……俺《おれ》はかわいいって思《おも》ってるし」

さらには付《つ》け足《た》すように小声《こごえ》でつぶやいたので、思《おも》わずドキッと心臓《しんぞう》がはねる。

ま、待《ま》って。かわいい……？

空耳《そらみみ》かと思《おも》って見《み》つめ返《かえ》したら、紫月《しづき》くんは急《きゅう》にハッとした顔《かお》で口《くち》を押《お》さえた。

「って、そろそろチャイム鳴《な》るよな。じゃあまた」

そして、それだけ告《つ》げるとあせったように去《さ》っていってしまって。

どうしよう。心臓《しんぞう》がありえないくらいドキドキいってる。
だってまさか、紫月《しづき》くんが「かわいい」なんて言《い》うと思《おも》わなくて……。
あまりの破壊力《はかいりょく》に、ぼーっと立《た》ち尽《つ》くしてしまう。
だけど、心《こころ》のどこかでうれしいなんて思《おも》っている自分《じぶん》がそこにいた。

18 ストーカー？

それから数日後《すうじつご》。

放課後《ほうかご》特《とく》に予定《よてい》のなかった私《わたし》は、いつものようにひとりで学校《がっこう》を出《で》た。

ここ最近《さいきん》、帰《かえ》り道《みち》は誰《だれ》かに見《み》られてるような気《き》がして怖《こわ》かったけど、結局《けっきょく》その視線《しせん》は紫月《しづき》くんのファンの子《こ》たちだったみたいだし。

呼《よ》び出《だ》された時《とき》に紫月《しづき》くんがかばってくれたおかげで、そのあとはなにも言《い》われなくなったから、もうあまり気《き》にしなくていいのかなって思《おも》う。

そういえば卵《たまご》が切《き》れてたから、スーパーに寄《よ》って帰《かえ》ろうかな。

今日《きょう》はみんなの大好物《だいこうぶつ》のオムライスを作《つく》ろうと思《おも》ってるんだ。

大通《おおどお》りの交差点《こうさてん》を曲《ま》がったところにある、いつも寄《よ》るスーパーへと向《む》かう。

最近《さいきん》ではシェアハウスの家事《かじ》にもすっかり慣《な》れてきて、自分《じぶん》で買《か》い出《だ》しも担当《たんとう》するようになったの。

必要《ひつよう》な食材《しょくざい》をひととおり買《か》ってスーパーから出《で》たら、ふと誰《だれ》かにポンと肩《かた》をたたかれた。

「ねぇ」

振《ふ》り返《かえ》ると、そこにいたのは見覚《みおぼ》えのある制服《せいふく》を着《き》た高校生《こうこうせい》の男《おとこ》の子《こ》で。

「俺《おれ》のこと、覚《おぼ》えてる？　ほら、この前絆創膏《まえばんそうこう》くれたでしょ」

「あっ……」

言《い》われてなんとなくだけど、思《おも》い出《だ》した。

そういえばこの前《まえ》、帰《かえ》り道《みち》こんな制服《せいふく》を着《き》た高校生《こうこうせい》に絆創膏《ばんそうこう》をあげたことがあったかも。

よく私《わたし》の顔《かお》なんか覚《おぼ》えてたなぁ。

「ずっとあの時《とき》のお礼《れい》がしたいなって思《おも》ってたんだ。よかったら、今《いま》から一緒《いっしょ》にお茶《ちゃ》でもどう？」

突然誘《とつぜんさそ》われて、戸惑《とまど》ってしまう。

お礼《れい》だなんて、ずいぶん律儀《りちぎ》な人《ひと》だな。わざわざそこまでしなくても……。

「あ、ありがとうございます。でも今日《きょう》は早《はや》く帰《かえ》らないといけないし、気持《きも》ちだけで大丈夫《だいじょうぶ》です」

笑《わら》って断《ことわ》ろうとしたら、その瞬間《しゅんかん》ギュッと腕《うで》をつかまれた。

「そんなこと言《い》わずにさぁ。てか、どこに住《す》んでるの？　名前《なまえ》は？　いつもそこの大通《おおどお》りをひとりで歩《ある》いてるよね？」

「えっ？」

いつもって……なんでそんなこと知《し》ってるの？

一回《いっかい》しか会《あ》ったことないはずなのに。

「この前《まえ》は男《おとこ》と一緒《いっしょ》に帰《かえ》ってたよね。まさか、彼氏《かれし》だったりする？」

さらに彼《かれ》はそんなことまで聞《き》いてきたので、思《おも》わずぞっとしてしまった。

一緒《いっしょ》に帰《かえ》ってたって、もしかして紫月《しづき》くんのこと？

「ち、違《ちが》いますっ。でも、どうしてそんなこと……」

「だって、見《み》てたから。放課後《ほうかご》あの大通《おおどお》りで待《ま》ってると、キミを見《み》かけるからさ。でも、なかなか声《こえ》をかけるチャンスがなくて。今日《きょう》はタイミングが合《あ》って良《よ》かったよ」

なにそれ。まるで待《ま》ちぶせしてたみたいな言《い》い方《かた》……。

もしかして、最近《さいきん》いつも見《み》られてるような気《き》がしてたのは、この人《ひと》だったのかな？

あの女《おんな》の子《こ》たちじゃなくて。

私《わたし》が引《ひ》いてることに気《き》づかないのか、続《つづ》けて笑顔《えがお》で話《はな》しかけてくる男《おとこ》の子《こ》。

「もし急《いそ》いでるんだったら、俺《おれ》が家《いえ》まで送《おく》るよ。キミみたいなかわいい子《こ》がひとりで歩《ある》いてたら危《あぶ》ないでしょ？」

「……っ」

かわいいだなんて。紫月《しづき》くんに言《い》われた時《とき》はうれしかったけど、この人《ひと》に言《い》われると怖《こわ》いよ。

こうやって触《ふ》れられることだって、気持《きも》ち悪《わる》く感《かん》じちゃうっていうか。

やっぱり……無理《むり》！

耐《た》えられなくなった私《わたし》は、勢《いきお》いよく彼《かれ》の手《て》を振《ふ》り切《き》ってしまった。

「ご、ごめんなさいっ！」

そして、ダッシュでその場《ば》から駆《か》けだす。

「あっ。待《ま》って！」

うしろから男《おとこ》の子《こ》の声《こえ》がして、追《お》いかけるような足音《あしおと》まで聞《き》こえてくる。

ウソでしょ。やだっ……。

なんで追《お》いかけてくるんだろう？

ますます怖《こわ》くなって、全速力《ぜんそくりょく》で走《はし》って逃《に》げる。

だけど、走《はし》りながらふと気《き》がついた。

あれ？　もしかしてこのまま家《いえ》に帰《かえ》ったら、シェアハウスの場所《ばしょ》がバレちゃうんじゃない？

それに私《わたし》だけの家《いえ》じゃないわけだから、みんなにも迷惑《めいわく》がかかっちゃう！

そう思《おも》った瞬間《しゅんかん》、あわてて方向転換《ほうこうてんかん》して違《ちが》う道《みち》へと入《はい》る。

だけど振《ふ》り返《かえ》ると、やっぱりまだ彼《かれ》は追《お》いかけてきていて。

「待《ま》ってよ～！」

逃《に》げ場《ば》を失《うしな》った私《わたし》は、通《とお》りかかった広《ひろ》い公園《こうえん》の中《なか》に逃《に》げ込《こ》んだ。

そして、たくさんある遊具《ゆうぐ》の中《なか》にドーム型《がた》のトンネルのようなものを発見《はっけん》して。

あっ、ここなら入《はい》れそう……！

かくれんぼするかのように、トンネルの中《なか》に入《はい》って身《み》をひそめる。

しゃがみ込《こ》んだまま、息《いき》を殺《ころ》してトンネルの穴《あな》から外《そと》をのぞく。

すると、砂《すな》を踏《ふ》む足音《あしおと》とともに、目《め》の前《まえ》を制服《せいふく》のズボンが横切《よこぎ》ったのが見《み》えて。

「おーい！　どこに隠《かく》れてるの？　出《で》てきなよ～」

思《おも》わず体《からだ》がビクッとふるえあがった。

「大丈夫《だいじょうぶ》、なにもしないからさぁ。友達《ともだち》になってくれるだけでいいから」

まるで近《ちか》くに私《わたし》がいるとわかってて話《はな》しかけているような、その口調《くちょう》。

どうしてここまでしつこく追《お》いかけてくるんだろう。

これじゃまるで、ストーカーみたいだよっ……。

「おかしいな。あっちかな～？」

すると彼《かれ》は、ウロウロしたのち今度《こんど》は公園《こうえん》の反対側《はんたいがわ》へ歩《ある》いていって。

とりあえずホッとしたのもつかの間《ま》、また不安《ふあん》がわいてきた。

どうしよう……。

今出《いまで》ていったら見《み》つかるかもしれないし、もしかしたらまたこっちに戻《もど》ってくるかもしれない。

いろいろ考《かんが》えると、怖《こわ》くて身動《みうご》きが取《と》れない。

そのまましばらくじっと隠《かく》れていたものの、あたりはどんどん暗《くら》くなって、体《からだ》も冷《ひ》えてくる。

不安《ふあん》で心細《こころぼそ》くて、目《め》に涙《なみだ》がにじんできて。

早《はや》く帰《かえ》りたい……。みんなのところに。

みんなに会《あ》いたい。

絢世《あやせ》くん、蓮《れん》くん、凛寧《りんね》くん……紫月《しづき》くん！

心《こころ》の中《なか》で唱《とな》えるようにみんなの名前《なまえ》を呼《よ》んだら、その瞬間制服《しゅんかんせいふく》のポケットに入《い》れていたスマホがブルブルとふるえた。

ハッとして確認《かくにん》すると、そこに表示《ひょうじ》されていたのは、【橘紫月《たちばなしづき》】の名前《なまえ》で。

ウソッ。紫月《しづき》くん!?

どうしたんだろう。

「……は、はい」

私《わたし》が小声《こごえ》で応答《おうとう》したら、紫月《しづき》くんがたずねてくる。

『今《いま》どこ？　帰《かえ》りが遅《おそ》いから、心配《しんぱい》で電話《でんわ》したんだけど……』

聞《き》き慣《な》れたその声《こえ》を耳《みみ》にしたとたん、ホッとして涙《なみだ》が出《で》てきそうになった。

あぁ。紫月《しづき》くんの声《こえ》、なんか安心《あんしん》するな……。

わざわざ心配《しんぱい》してかけてきてくれるなんて。

「……ご、ごめんね。私《わたし》っ……」

『どうした!?　なにかあったのか!?』

私《わたし》の様子《ようす》がおかしいことに気《き》づいたのか、急《きゅう》にあせった声《こえ》になる彼《かれ》。

それを聞《き》いて、私《わたし》はふるえる声《こえ》を絞《しぼ》り出《だ》すように泣《な》きついた。

「紫月《しづき》くん、助《たす》けてっ……！」

19 無事《ぶじ》でいてくれ【紫月《しづき》side《サイド》】

「ん……？」

ふと目《め》を覚《さ》ますと、そこはソファの上《うえ》だった。

どうやら俺《おれ》は帰宅後《きたくご》、ここで寝《ね》てしまっていたらしい。

最近仕事《さいきんしごと》が忙《いそが》しくて、気《き》づいたら寝《ね》ている時《とき》がある。

いったいどれぐらい寝《ね》てたんだろう。

「あ、やっと起《お》きた？」

すると、ソファの前《まえ》に座《すわ》っていた凛寧《りんね》が、ふとこちらを見《み》て話《はな》しかけてきた。

「あぁ。俺《おれ》、どのくらい寝《ね》てた？」

「えーっとね、三十分《さんじっぷん》くらい？　なんか寝言言《ねごとい》ってたよ。『オムライスがいい』とか、どうのこうの」

「……っ、マジかよ」

寝言聞《ねごとき》かれてたとか、すげー恥《は》ずいんだけど。

スマホを確認《かくにん》すると、時刻《じこく》は夕方《ゆうがた》の六時半《ろくじはん》を過《す》ぎている。

窓《まど》の外《そと》もだいぶ日《ひ》が落《お》ちて、薄暗《うすぐら》い。

そんな時《とき》、ガチャッとリビングのドアが開《ひら》いて、絢世《あやせ》と蓮《れん》が中《なか》に入《はい》ってきて。

「「ただいまー」」

どうやらふたりは今帰宅《いまきたく》したところみたいだった。

「あ、おかえり。遅《おそ》かったね」

凛寧《りんね》に言《い》われて、絢世《あやせ》が苦笑《にがわら》いしながら答《こた》える。

「それが蓮《れん》とコンビニでしゃべってたら、クラスの女子《じょし》に声《こえ》かけられてさー。危《あや》うく家《いえ》までつい
てこられそうになったから、遠回《とおまわ》りして帰《かえ》ってくるはめになったんだよ」

「えーっ。それは大変《たいへん》だったね」

「あれ？　そういえば春名《はるな》は？」

そこで俺《おれ》がふと春名《はるな》のことをたずねたら、凛寧《りんね》がこちらを向《む》いた。

「それが、まだ帰《かえ》ってきてないんだよね」

「えっ？」

マジかよ。ずいぶん遅《おそ》いな……。

いつもはとっくに帰《かえ》ってる時間《じかん》なのに。

「もしかして、学校帰《がっこうがえ》りにそのままスーパーで買《か》い出《だ》ししてるとか？」

「あー、そうかもな。昨日《きのう》、そろそろ食材《しょくざい》がなくなりそうって言《い》ってたし」

絢世《あやせ》と蓮《れん》はのんきにそう言《い》うけれど、俺《おれ》はとたんに胸《むね》の奥《おく》がざわつく。

そして、なんだかいっきに嫌《いや》な予感《よかん》がしてきた。

スマホの連絡先《れんらくさき》リストから、春名《はるな》の名前《なまえ》を探《さが》す。

じつは、同《おな》じ学校《がっこう》の女子《じょし》で連絡先《れんらくさき》を交換《こうかん》したのは、春名《はるな》がはじめてだ。

基本俺《きほんおれ》は、仕事関係以外《しごとかんけいいがい》で女子《じょし》とは連絡先《れんらくさき》を交換《こうかん》しないから。

もちろんシェアハウスの仲間《なかま》だからというのはあるけれど、それ以上《いじょう》に春名《はるな》は自分《じぶん》の中《なか》で、特《とく》別《べつ》な存在《そんざい》になっていた。

すぐさま電話《でんわ》をかけると、何《なん》コールかしたところで春名《はるな》が出《で》る。

『……は、はい』

正直《しょうじき》つながるか不安《ふあん》もあったので、とりあえずホッとした。

何気《なにげ》にこうして電話《でんわ》で話《はな》すのは、はじめてだ。

「今《いま》どこ？　帰《かえ》りが遅《おそ》いから、心配《しんぱい》で電話《でんわ》したんだけど……」

俺《おれ》がたずねると、春名《はるな》はなぜかふるえた声《こえ》で。

『……ご、ごめんね。私《わたし》っ……』

思《おも》わずドクンと心臓《しんぞう》が高鳴《たかな》る。

もしかして、泣《な》いてるのか……？

明《あき》らかに様子《ようす》が変《へん》だ。

「どうした!?　なにかあったのか!?」

あわてて問《と》いただしたら、春名《はるな》は少《すこ》し間《ま》を置《お》いてからこう言《い》った。

『紫月《しづき》くん、助《たす》けてっ……！』

――まさに、嫌《いや》な予感《よかん》が的中《てきちゅう》した瞬間《しゅんかん》。

どうやら春名《はるな》は帰《かえ》り道《みち》変《へん》な男《おとこ》に追《お》いかけられて、シェアハウスに帰《かえ》れなくなってしまったらしい。

今《いま》は公園《こうえん》の遊具《ゆうぐ》の中《なか》に身《み》を隠《かく》しているとのことだった。

そういえば、最近《さいきん》春名《はるな》は誰《だれ》かに見《み》られてるような気《き》がすると言《い》っていた。

てっきり学校《がっこう》の女子《じょし》たちの視線《しせん》だと思《おも》っていたけど、そうじゃなかったのかもしれない。

じつはその男《おとこ》に目《め》をつけられて、ストーカーされていたのかもしれない。

そう思《おも》うと、自分《じぶん》に腹《はら》が立《た》った。

バカだな。なんでもっと春名《はるな》のことを気《き》にかけてやらなかったんだろう。

ひとりにならないよう、俺《おれ》がそばについていてやればよかった。

男《おとこ》はまだ春名《はるな》の近《ちか》くにいるかもしれない。

見《み》つかったら、今度《こんど》こそなにをされるかわからない。

そう思《おも》うと心配《しんぱい》で、いてもたってもいられなくなった。

「待《ま》ってろ、すぐに行《い》くから。絶対《ぜったい》そこから動《うご》くなよ！」

そう告《つ》げて電話《でんわ》を切《き》ると、すぐさまリビングを飛《と》び出《だ》す。

俺《おれ》がドタバタと玄関《げんかん》へ走《はし》っていくと、絢世《あやせ》たちがうしろから追《お》いかけてきた。

「どうした紫月《しづき》。今《いま》の電話《でんわ》、琴梨《ことり》だろ？」

「なにがあったんだよ？」

「春名《はるな》が危《あぶ》ないっ。ストーカーに追《お》われてるらしい！」

「えっ、ストーカー!?」

俺《おれ》の言葉《ことば》にぎょっとする凛寧《りんね》。

「とりあえず行《い》ってくる！」

俺《おれ》がそのままドアを開《あ》けて家《いえ》を飛《と》び出《だ》したら、うしろで蓮《れん》があせったように声《こえ》をあげた。

「おい紫月《しづき》っ!」

だけど、振《ふ》り返《かえ》らず全力《ぜんりょく》で走《はし》りだす。

今《いま》はいちいち説明《せつめい》してる時間《じかん》はない。とにかく早《はや》く、春名《はるな》を助《たす》けにいかねーと。

息《いき》を切《き》らしながら、春名《はるな》の待《ま》つ公園《こうえん》へと急《いそ》ぐ。

待《ま》ってろよ、春名《はるな》。

俺《おれ》が絶対助《ぜったいたす》けてやる。

頼《たの》むから、どうか無事《ぶじ》でいてくれ——。

20 大事《だい》《じ》な仲間《なかま》

『待《ま》ってろ、すぐに行《い》くから。絶対《ぜったい》そこから動《うご》くなよ！』

そう言《い》って電話《でんわ》を切《き》った紫月《しづき》くん。

もしかして、迎《むか》えに来《き》てくれるのかな？

私《わたし》のために……。

さっきまで不安《ふあん》で押《お》しつぶされそうだった心《こころ》が、少《すこ》しずつ落《お》ち着《つ》きを取《と》り戻《もど》していくのがわかる。

紫月《しづき》くんがここに来《き》てくれる、そう思《おも》っただけで心強《こころづよ》くてたまらなかった。

そのままトンネルの中《なか》で隠《かく》れて待《ま》っていたら、バタバタと人《ひと》が走《はし》ってくる足音《あしおと》が聞《き》こえて。

ハッとして穴《あな》からのぞいたら、そこには息《いき》を切《き》らした紫月《しづき》くんの姿《すがた》が――。

「春名《はるな》っ！」

「紫月《しづき》くん！」

あわててトンネルから飛《と》び出《だ》して、彼《かれ》の名前《なまえ》を叫《さけ》ぶ。

そしたら紫月《しづき》くんは、急《いそ》いで私《わたし》のもとへと駆《か》け寄《よ》ると、両手《りょうて》を私《わたし》の肩《かた》に乗《の》せた。

「大丈夫《だいじょうぶ》か!? 変《へん》なことされたりしてないよな?」

必死《ひっし》なその表情《ひょうじょう》から、いかに心配《しんぱい》してくれていたのかが伝《つた》わってくる。

額《ひたい》には、汗《あせ》までにじんでいて。

「だ、大丈夫《だいじょうぶ》っ」

私《わたし》が答《こた》えたら、紫月《しづき》くんはホッとした顔《かお》になると、なにを思《おも》ったのか突然《とつぜん》私《わたし》の体《からだ》を抱《だ》き寄《よ》せた。

そして、そのままギュッと腕《うで》の中《なか》に閉《と》じ込《こ》めて。

「……っ、よかった。無事《ぶじ》で」

思《おも》いがけない彼《かれ》の行動《こうどう》に、ドキンと心臓《しんぞう》が飛《と》びはねる。

も、もしかして私《わたし》……抱《だ》きしめられてる!?

紫月《しづき》くん、どうしちゃったのかな?

紫月《しづき》くんのにおいと温《ぬく》もりに包《つつ》まれて、ますます鼓動《こどう》が速《はや》くなっていく。

だけど、ドキドキするのにどこかホッとするのは、なんでだろう。

まるで家《いえ》に帰《かえ》ってきたような安心感《あんしんかん》があるっていうか。

「ありがとうっ。怖《こわ》かった……」
思《おも》わず彼《かれ》の胸《むね》に顔《かお》をうずめたら、紫月《しづき》くんはさらにギュッと腕《うで》に力《ちから》を込《こ》めた。
「もう大丈夫《だいじょうぶ》。俺《おれ》がついてるから」

そんなふうに言《い》われたら、ときめいてしまいそうになる。

やっぱり紫月《しづき》くんは、優《やさ》しいな……。

「あっ！　あれじゃね!?」

そんな時《とき》、うしろから声《こえ》がしたかと思《おも》えば、またドタバタと足音《あしおと》が聞《き》こえてきて。

ハッとしてお互《たが》い身《み》を離《はな》したら、絢世《あやせ》くん、蓮《れん》くん、凛寧《りんね》くんたち三人《さんにん》がこちらへ駆《か》け寄《よ》ってくるのが見《み》えた。

「琴梨《ことり》！」

「大丈夫《だいじょうぶ》!?　琴梨《ことり》ちゃん」

「みんな……！」

もしかして、心配《しんぱい》して来《き》てくれたの!?

「おい紫月《しづき》、なんで俺《おれ》たちに場所《ばしょ》言《い》わないんだよっ」

絢世《あやせ》くんがムッとした顔《かお》で言《い》うと、蓮《れん》くんも呼吸《こきゅう》を整《ととの》えながら。

「そうだよ。勝手《かって》に先行《さきい》くから探《さが》したじゃねーか！」

「あぁ、悪《わる》い」

バツが悪《わる》そうに謝《あやま》る紫月《しづき》くん。

「まぁでも、琴梨《ことり》ちゃんが無事《ぶじ》でよかったじゃん」

凛寧《りんね》くんがそう言《い》って笑《わら》ったら、絢世《あやせ》くんが私《わたし》と紫月《しづき》くんを交互《こうご》に見《み》て。

「てかふたり、今《いま》抱《だ》き合《あ》ってなかった？」

思《おも》わぬ言葉《ことば》にぎょっとする。

もしかしてさっきの、見《み》られてた⁉

恥《は》ずかしいよ〜っ！

「えっ！　どういうこと⁉」

「紫月《しづき》、お前《まえ》まさか……っ」

凛寧《りんね》くんと蓮《れん》くんも問《と》いただすように紫月《しづき》くんの顔《かお》を見《み》たら、紫月《しづき》くんはとぼけるように目線《めせん》を横《よこ》にそらした。

「き、気《き》のせいだろ……。見《み》まちがいじゃねーの？」

「えーっ！　でも今《いま》、絶対《ぜったい》そう見《み》えたんだけど」

絢世《あやせ》くんに言《い》われて、私《わたし》も思《おも》わず目《め》が泳《およ》いでしまう。

そんな時《とき》、うしろから大声《おおごえ》がして。

「あぁーっ！　見《み》つけた！」

その声《こえ》にドキッとして振《ふ》り返《かえ》ったら、さっき私《わたし》を追《お》いかけまわしてきた男《おとこ》の子《こ》が、こちらを指《ゆび》さして立《た》っているのが見《み》えた。

ど、どうしようっ。見《み》つかっちゃった！

いつのまに戻《もど》ってきたんだろう……。

「って、なんだお前《まえ》らは⁉　彼女《かのじょ》に手《て》を出《だ》すなっ！」

私《わたし》が絡《から》まれていると思《おも》ったのか、怒《おこ》った顔《かお》で紫月《しづき》くんたちをにらみつける彼《かれ》。

「はっ？　俺《おれ》たちこの子《こ》の友達《ともだち》だけど。てか誰《だれ》？　琴梨《ことり》の知《し》り合《あ》い？」

絢世《あやせ》くんにたずねられて、私《わたし》はおそるおそる答《こた》えた。

「この人《ひと》がさっき、ずっと私《わたし》を追《お》いかけてきて……」

それを聞《き》いて、ハッとした顔《かお》になるみんな。

「お前《まえ》がストーカー野郎《やろう》か！」

蓮《れん》くんが男《おとこ》の子《こ》を指《ゆび》さしたら、彼《かれ》は眉間《みけん》にシワを寄《よ》せてとっさに否定《ひてい》した。

「ス、ストーカーだと⁉　俺《おれ》はその子《こ》に親切《しんせつ》にしてもらったから、ただお礼《れい》しようと思《おも》っただけだ！」

「バカ。嫌《いや》がる相手《あいて》を追《お》いかけまわしてたんだから、立派《りっぱ》なストーカーだろうが！」

「そうだよ。手《て》を出《だ》そうとしてたのはそっちでしょ」

絢世《あやせ》くんと凜寧《りんね》くんがすかさず言《い》い返《かえ》すと、少《すこ》しあせった顔《かお》になる男《おとこ》の子《こ》。

「それは、その子《こ》が勝手《かって》に逃《に》げたんだよっ。俺《おれ》は友達《ともだち》になろうと思《おも》っただけなのに！」

「嫌《いや》がってるのにしつこくしたのはあんたのほうだろ」

そこで紫月《しづき》くんが前《まえ》に出《で》て、私《わたし》をかばうように手《て》を差《さ》し出《だ》したら、男《おとこ》の子《こ》は急《きゅう》にカッとなったように持《も》っていたカバンを持《も》ち上《あ》げた。

「う、うるせーっ！　お前《まえ》らにとやかく言《い》われる筋合《すじあ》いはない！　どけぇっ！」

そのままカバンをこちらに向《む》かって投《な》げつけてきた彼《かれ》。

――バンッ。

だけど、とっさにそれを紫月《しづき》くんが片腕《かたうで》でガードして。

「やめろ。この子《こ》には指一本《ゆびいっぽん》触《ふ》れさせない」

その言葉《ことば》に思《おも》わずドキッとしてしまう。

「くっ、ナメやがって……。ガキのくせに生意気《なまいき》なんだよっ！」

そしたら彼《かれ》はさらに逆上《ぎゃくじょう》したかのように、こぶしを振《ふ》り上《あ》げこちらへおそいかかってきた。

「きゃあっ！」

思《おも》わず叫《さけ》んだら、瞬時《しゅんじ》に横《よこ》から蓮《れん》くんが飛《と》び出《だ》してきたのが見《み》えて。

そのまま彼《かれ》は勢《いきお》いよく足《あし》を振《ふ》り上《あ》げると、男《おとこ》の子《こ》にまわし蹴《げ》りをくらわせた。

――ドカッ！

「うあっ！」

ドサッと地面《じめん》に倒《たお》れ込《こ》む男《おとこ》の子《こ》。

そしたら蓮《れん》くんは、しゃがんで彼《かれ》の顔《かお》をじっとにらみつけると。

「観念《かんねん》しな。ストーカー野郎《やろう》」

「お、俺《おれ》はストーカーなんかじゃないっ！」

「黙《だま》れ」

男《おとこ》の子《こ》の顔面《がんめん》に勢《いきお》いよくこぶしを突《つ》きつけ、ぶつかる寸前《すんぜん》で止《と》めたので、男《おとこ》の子《こ》はビビったように顔《かお》を真《ま》っ青《さお》にして黙《だま》り込《こ》んだ。

すると横《よこ》から絢世《あやせ》くんがやってきて、ニヤッと笑《わら》いながら。

「言《い》っとくけどこいつ、空手《からて》の大会《たいかい》で世界一《せかいいち》になってるし、超強《ちょうつよ》いから。絶対《ぜったい》かなわないと思《おも》うぜ？」

「せ、世界一《せかいいち》!?」

「うん。ボコボコにされたくなかったら、おとなしく退散《たいさん》したほうがいいかも～」

続《つづ》けて凛寧《りんね》くんも忠告《ちゅうこく》するように詰《つ》め寄《よ》る。

さらには紫月《しづき》くんも取《と》り囲《かこ》むようにみんなの横《よこ》に並《なら》ぶと、彼《かれ》を見下《みお》ろして。

「二度《にど》と彼女《かのじょ》に近寄《ちかよ》らないって約束《やくそく》しろ」

それを聞《き》いた男《おとこ》の子《こ》は、あわててその場《ば》に立《た》ち上《あ》がりカバンを拾《ひろ》うと、しっぽを巻《ま》いて逃《に》げていった。

「く、くそーっ！」

思《おも》わずホッと胸《むね》をなでおろしたら、絢世《あやせ》くんがやれやれといった顔《かお》でつぶやく。

「ったく、とんだカン違《ちが》い野郎《やろう》だったな」

「でもビビってたから、これでもう寄《よ》ってこないんじゃない？」

クスッと笑《わら》う凛寧《りんね》くん。

あらためてみんなの顔《かお》を見《み》たら、感謝《かんしゃ》の気持《きも》ちでいっぱいになる。

わざわざ私《わたし》のために、駆《か》けつけてきてくれたんだよね。

「みんな、助《たす》けに来《き》てくれてありがとう。ごめんね、迷惑《めいわく》かけちゃって」

しみじみとお礼《れい》を言《い》ったら、蓮《れん》くんが私《わたし》の肩《かた》にポンと手《て》を置《お》いてきた。

「迷惑《めいわく》なんかじゃねーよ。春名《はるな》のピンチを助《たす》けるのは、当《あ》たり前《まえ》のことだし」

隣《となり》に立《た》つ紫月《しづき》くんも、私《わたし》の目《め》をまっすぐ見《み》つめて言《い》う。

「そうだよ。春名《はるな》は俺《おれ》たちの大事《だいじ》な仲間《なかま》なんだから」

「……っ」

思《おも》いもよらない言葉《ことば》に、うれしさで胸《むね》がいっぱいになった。

——仲間《なかま》。

そんなふうに言《い》われたら、涙《なみだ》が出《で》ちゃいそう。

いつのまにか私《わたし》、仲間《なかま》だと思《おも》ってもらえるようになってたんだね。

私《わたし》も胸《むね》を張《は》って、みんなのことを仲間《なかま》だって

言《い》っていいんだ。

「ほら、帰《かえ》ろうぜ」

絢世《あやせ》くんがそう言《い》って、手招《てまね》きしてくれる。

帰《かえ》る場所《ばしょ》があって、温《あたた》かい仲間《なかま》がいる。

幸《しあわ》せなことだなってあらためて思《おも》う。

「うんっ」

思《おも》わず笑顔《えがお》でうなずいたら、みんな優《やさ》しくほほ笑《え》んでくれた。

21 私《わたし》の居場所《いばしょ》

「「いただきまーす！」」

ダイニングテーブルに、にぎやかな声《こえ》が響《ひび》く。

みんないっせいに手《て》を合《あ》わせると、スプーンを手《て》にオムライスをぱくぱく食《た》べはじめた。

あのあと無事《ぶじ》シェアハウスに帰宅《きたく》した私《わたし》は、買《か》ってきた卵《たまご》で予定《よてい》どおりオムライスを作《つく》ったの。

ほかにもサラダとからあげを作《つく》ったんだけど、「俺《おれ》たちも手伝《てつだ》うよ」ってみんなが手伝《てつだ》ってくれたおかげで、いつもよりスピーディーにできたんだ。

「うん、卵《たまご》がふわふわで最高《さいこう》！」

凛寧《りんね》くんが頬《ほお》をゆるませながらつぶやく。

「やっぱ春名《はるな》の作《つく》るオムライスが一番《いちばん》だな」

なんて蓮《れん》くんまでほめてくれて、照《て》れくさいけどうれしくなる私《わたし》。

「ふふ、そうかな。ありがとう」

「ほんと、琴梨《ことり》がここに来《き》てくれてよかったよ。なぁ、紫月《しづき》？」

すると突然《とつぜん》、絢世《あやせ》くんが紫月《しづき》くんに問《と》うように話《はな》しかけて。

「あぁ、そうだな」

意外《いがい》にも素直《すなお》にうなずいてくれた紫月《しづき》くんを見《み》て、またうれしくなってしまった。

そしたらその隣《となり》で、凛寧《りんね》くんがふと思《おも》い出《だ》したように。

「そういえば、この前琴梨《まえことり》ちゃんにモデルになってもらったイラスト、完成《かんせい》したよ」

「えっ、ほんと!?」

「うん。好評《こうひょう》だったから、あとで見《み》せるね」

そう言《い》われて、思《おも》わず目《め》を輝《かがや》かせる私《わたし》。

「わぁ、楽《たの》しみ！」

そしたらその様子《ようす》を見《み》ていた蓮《れん》くんが、おどろいた顔《かお》でたずねた。

「えっ。凛寧《りんね》お前《まえ》、春名《はるな》にイラストの仕事《しごと》のこと、話《はな》してたんだ？」

「うん、もうMIDORI《ミドリ》だってバラしちゃった。それでこの前《まえ》メイド服《ふく》のモデルをやってもらって、おかげでいいラフが描《か》けたんだよ」

「はっ、マジで!?　いつのまにふたりでコソコソそんなこと……！」

なぜかちょっと悔《くや》しそうに突《つ》っ込《こ》む絢世《あやせ》くん。

すると凛寧《りんね》くんが、ジトッとした目《め》つきで絢世《あやせ》くんを見《み》て。

「それを言《い》うなら絢世《あやせ》だって、この前琴梨《まえことり》ちゃんとふたりでデートしてたじゃん」

「そうだよ。人《ひと》のこと言《い》えねーぞ」

続《つづ》けてボソッと紫月《しづき》くんまで突《つ》っ込《こ》んだので、びっくり。

なにこれ。まるで対抗《たいこう》しあってるみたいだよ。

「なっ。紫月《しづき》だってさっきこっそり琴梨《ことり》のことハグしてただろーが！」

そこで絢世《あやせ》くんが突然《とつぜん》さっきの話《はなし》を蒸《む》し返《かえ》したら、紫月《しづき》くんは飲《の》みかけのお茶《ちゃ》をふき出《だ》しそうになっていた。

「……ぶっ。だからあれは見《み》まちがいだっつーの！」

私《わたし》も思《おも》わず恥《は》ずかしくなる。

ダメだっ。思《おも》い出《だ》すだけで顔《かお》が熱《あつ》くなってきたよ～！

そんな時《とき》、真《ま》ん中《なか》のお皿《さら》にひとつだけ残《のこ》っていたからあげを、蓮《れん》くんが箸《はし》でつまもうとして。

「あっ、蓮《れん》ずるい！　僕《ぼく》ももう一個《いっこ》食《た》べたい！」

すかさず凛寧《りんね》くんが突《つ》っ込《こ》んだら、横《よこ》から紫月《しづき》くんも対抗《たいこう》するように言《い》った。

「いや、俺《おれ》も食《く》う」

「いやいや、そこは俺《おれ》だろ！」

絢世《あやせ》くんまで参戦《さんせん》して、気《き》づけばからあげの争奪戦《そうだつせん》に。

「お、落《お》ち着《つ》いて！　大丈夫《だいじょうぶ》。まだおかわりあるよっ」

私《わたし》があわてて立《た》ち上《あ》がって声《こえ》をかけたら、みんなパッとこちらを振《ふ》り返《かえ》ると、キラキラ目《め》を輝《かがや》かせた。

「ふふっ」

なんだかみんな子供《こども》みたいで笑《わら》っちゃう。

でも、楽《たの》しいな。このにぎやかな空気《くうき》。

やっぱり私《わたし》、このシェアハウスに来《き》てよかった。

いつのまにかこの家《いえ》が、私《わたし》の居場所《いばしょ》になってたんだ。

これからも、みんなとたくさん笑《わら》いながら過《す》ごしていけますように。

こんな楽《たの》しい毎日《まいにち》が、ずっとずっと続《つづ》いていきますように——。

PHPジュニアノベル　あ-3-1

●著／青山そらら（あおやま・そらら）
小説家。千葉県在住。「溺愛×ミッション！」シリーズ（スターツ出版）が大人気。他の作品に「ふたごの愛され注意報♡」（スターツ出版）「七瀬くん家の3兄弟」（集英社）などシリーズ化作品多数。

●イラスト／お天気屋（おてんきや）
イラストレーター。歌ってみた動画のサムネイルイラストやVtuberのキャラクターデザインなどを担当するほか、名古屋デザイナー学院で講師としても活躍中。

●デザイン
株式会社サンプラント
東郷猛

●組版
株式会社RUHIA

恋《こい》するワケあり♡シェアハウス
イケメンたちとのヒミツの同居生活《どうきょせいかつ》はドキドキです！

2024年11月29日　第1版第1刷発行

著　者　青山そらら
イラスト　お天気屋
発行者　永田貴之
発行所　株式会社PHP研究所
東京本部　〒135-8137　江東区豊洲5-6-52
児童書出版部　TEL 03-3520-9635（編集）
普及部　TEL 03-3520-9630（販売）
京都本部　〒601-8411　京都市南区西九条北ノ内町11
PHP INTERFACE　https://www.php.co.jp/
印刷所・製本所　TOPPANクロレ株式会社

ISBN978-4-569-88196-6

NDC913　169P　18cm